Alexandra M. Schumacher

Dunkle Villa

AF188517

Alexandra M. Schumacher
Dunkle Villa
Erzählung, Köln, 2013
© 2019 Alexandra M. Hermann

Satz und Publishing:
AMH-Publishing-Systems, Cologne
alexandra.m.hermann@gmx.de

Covergestaltung und Illustrationen:
Alexandra Melanie Hermann
unter Verwendung der Zeichnungen von Sabine Küchel

Bibliografische Information der Deutschen
Nationalbibliothek: Die Deutsche Nationalbibliothek
verzeichnet diese Publikation in der Deutschen
Nationalbibliografie; detaillierte bibliografische Daten
sind im Internet über www.dnb.de abrufbar.

Herstellung und Verlag:
BoD – Books on Demand, Norderstedt
ISBN: 9783749430697

Alexandra M. Schumacher

Dunkle Villa

A&S

Inhalt

Introduktion – 7

Frühstück – 21

Traum – 27

Reithosen – 33

Schäferstündchen – 45

Tagebuch – 55

Bestrafung – 61

Kommissariat – 77

Eis – 85

Geständnis – 89

Anhang – 95

Bonustrack – 97

Track eins – 99

Track zwei – 113

Track drei – 119

Introduktion

Es fängt an wie jeder Film anfängt, den man auf DVD pressen kann. Das Dolby Digital Testsignal pfeift sausend durch die Boxen der Surround Anlage. Das Logo der Produktionsgesellschaft wird ins Schwarz abgeblendet. Der Titel erscheint, dann Musik: Eine raue Klarinette, ein gezupfter Bass und ein Klavier, langsam. Früher Swing, noch lange nicht beim vollen Bigband Sound angekommen, nicht wirklich traurig aber ein wenig geschmeichelt von der eigenen Langeweile. Die Musik klingt wie aus einem Radio, das im Nebenraum steht. Die erste Kameraeinstellung, weich in das von der Musik gefüllte Schwarz eingeblendet.

Man sieht Szenen wie aus einem Film von Ingmar Bergmann. Klare ausdrucksstarke Bilder. Sehr genau inszeniert und opulent ausgestattet. Handwerklich gut gemachtes Kino. Und trotzdem kein Mainstream. Die Geschichte spielt in den frühen zwanziger Jahren des vergangen Jahrhunderts.

Eine mondäne Jugendstil-Villa, fast ein kleines Schloss. Der Park, nicht zu groß, aber sehr angemessen für das Gebäude, das in ihm steht. Alles ist auf das äußerste akkurat gepflegt und sehr gut bürgerlich, großbürgerlich um genau zu sein. Es ist ein sonniger Tag.

Und während man diese stille Szene sieht, hört man schon bald die Geräuschkulisse aus dem Inneren eines fahrenden Autos. Das Auto kommt dann irgendwann etwas später ins Bild. Von der Seite hinten, kommt es herangefahren, aber schon bevor man es sieht, hört man den Ton aus dem Inneren und dann dazu die Stimme einer Frau.

„Es ist immer dasselbe mit dir. Mach mir jetzt bloß keine Szene, es reicht", sagt die Stimme.

Die Stimme ist ärgerlich, erregt, zornig, sie spricht laut, aber sie ist nicht unbeherrscht.

„Aber ich kann doch nichts . . .", hört man die Stimme eines Mannes, etwas zaghaft protestierend, und dann hört man das Klatschen einer Ohrfeige. Genau nach dem Klatsch ein harter Schnitt, Blick in das Innere des Wagens, die Kamera schaut in das Gesicht eines Mannes, er ist verdutzt, erschrocken und eine gute Portion Trotz ist in seinem Gesicht zu sehen. Auf seiner Wange deutlich der frische Abdruck einer Hand: Ein kräftiges Rot. Der Mann sitzt auf der Rückbank des Wagens, neben ihm die Frau. Die Straße ist holprig, der Wagen rüttelt.

„Kein Wort mehr!", sagt die Frau und der Mann nickt stumm.

Sie fasst mit der Hand sein Kinn und schaut ihn an: „Ich hoffe das reicht. Halt einfach den Mund."

Der Mann nickt noch einmal, so gut das bei dem Griff geht, mit dem sie sein Kinn hält. Sie lässt ihn los, schaut ihn aber weiter an. Er weicht ihrem Blick aus, schaut zu Boden.

Schnitt: Wieder die Einstellung vor der Jugendstil-Villa, diesmal von der Auffahrt her. Der Wagen fährt über den fein geharkten Kiesweg, es knirscht, eine Bedienstete kommt eilfertig aus dem Haus, öffnet die Wagentür. Die Frau steigt aus, hinter ihr der Mann, den Kopf gesenkt. Man sieht, dass er sich schämt. Die Bedienstete lächelt ihn an, er schaut schnell an ihr vorbei, geht mit der Hand an seine Wange. Sieht man die Spuren der Ohrfeige noch, scheint er sich zu fragen.

Schnitt. Jetzt im Inneren der Villa, in der Eingangshalle. Die Frau wird von der Hausherrin begrüßt, die ist noch in einem weiten Morgenmantel, luxuriös aus heller Seide, doppelt gesteppt mit roten und schwarzen Fäden, ein Muster von rankenden Blumen, weite Plüschärmel. Eine große schlanke Frau.

„Oh, meine Liebe, ich hatte Dich noch gar nicht so früh erwartet", haucht sie dahin.

Die beiden Frauen umarmen sich und reden, reden, reden. Währenddessen geht die Kamera auf den Mann, der im Hintergrund stehen geblieben ist. Die Bedienstete beobachtet den Mann. Er merkt das. Sein Blick geht kurz zu ihr. Sie schaut ihn an. Er weicht ihrem Blick aus und schaut verlegen zur Garderobe: Dunkle Eiche, geschnitzt und Harken aus brüniertem Messing, massiv. Da hängt ein Regenmantel, ein Schuhanzieher mit Elfenbeinkopf, und zwei Peitschen: Eine braune Reitgerte und eine schwarze Hundepeitsche. Der Mann starrt auf die Garderobe. Als er merkt, dass die Bedienstete seinem Blick folgt, schaut er schnell zu Boden.

„Leg doch erst einmal ab", hört man die Stimme der Hausherrin, „du bist ja noch im Mantel, ach wie unaufmerksam von mir."

Man sieht, wie die Bedienstete den Mantel der Frau entgegennimmt. Die beiden Frauen gehen in den Salon. In der Tür dreht sich die Gastgeberin um. Sie schaut zurück und sieht den Mann: „Oh", sagt sie, „den habe ich ja ganz übersehen." Sie lächelt und eine gute Portion Süffisanz ist in dem Lächeln.

„Komm", sagt die Frau zum Mann, „steh da nicht so dumm herum."

In der Abblendung sieht man, wie die Bedienstete dem Mann den Mantel abnimmt und an die Garderobe hängt, neben den Schuhanzieher und die Peitschen.

Ein paar Sekunden ist das Bild schwarz. Dann Überblenden in die nächste Szene: Auf der Veranda, ein gut gedeckter Tisch. Brunch: Brot und Schinken, Kuchen, Kaffee und Tee und feines Porzellan und in der Mitte ein silberner Kerzenleuchter. Die späte Vormittagssonne scheint durch die helle Bleiverglasung der Jugendstilfenster. Die Holzrahmen sind weiß lackiert. Alles ist hell und sauber. Die Frauen sprechen über Karlsbad, über Trinkkuren und Mineralwasserquellen.

„Es hat mir immer so gut getan, in der Kur, jeden Morgen das frische Wasser. Es ist so wohltuend und belebend."

„Das kann ich mir vorstellen."

„Ich hatte doch immer diese Migränen. Du weißt doch. Also am Anfange habe ich die Trinkkur eigentlich nur mitgemacht, weil alle anderen es auch gemacht haben. Aber dann habe ich schnell gemerkt, wie es mir richtig gut getan hat. Du solltest auch einmal eine Kur probieren", sagt die Gastgeberin.

„Ich hätte das ja schon längst gemacht. *Er* ist das Problem. Ich kann mit ihm ja nirgendwo hin."

„Will er nicht?"

„Wollen? Wenn ich mal wüsste was er will. Du kannst es dir gar nicht vorstellen, was er für ein Theater macht wenn wir etwas unternehmen wollen, und Verreisen geht mit ihm gar nicht."

„Ich dachte er reist gerne."

„Ja, das sagt er und dann macht er jedes mal eine riesen Szene, wenn es losgehen soll. Es gibt tausend Sachen, die nicht passen und wenn wir dann endlich doch einmal fahren, tut er alles um mich zu provozieren und mir die Freude an der Fahrt zu verderben. Schau dir doch an, mit welcher Miene er jetzt da sitzt."

Die Frau zieht den schief sitzenden Hemdkragen des Mannes gerade.

„Schau doch mal etwas freundlicher", sagt sie zum Mann und fährt dann fort: „In Italien mussten wir bereits nach zwei Tagen abreisen. Das ganze Hotel hat über uns gesprochen. Er hatte aber auch wirklich bei allem etwas auszusetzen. Schon ganz am Anfang hat er keine Möglichkeit ausgelassen mich zu provozieren. Man konnte einfach nichts mit ihm anfangen. Er wollte nicht an den Strand und nicht ins Meer und abends ausgehen war auch nicht. Nicht einmal beim Frühstück im Salon konnte er sich benehmen. Er ist aufgestanden und gegangen, weil er, wie er meinte, nicht in einem Raum essen könne, wo so viele Leute dumm daherschwatzten. Und das hat er dann auch noch laut durch den ganzen Raum gebrüllt, zwar auf Deutsch – Italienisch kann er ja nicht –, aber es waren genug Gäste da, die es verstanden haben. Du kannst dir nicht vorstellen, wie peinlich das war."

„Das hätte ich ihm nicht durchgehen lassen."

„Er benimmt sich immer so. Was soll ich denn machen?"

„Bei mir hätte er ordentlich was hinter die Ohren gekriegt, aber nicht zu knapp, und zwar auf der Stelle. Da währen mir die anderen Leute völlig egal gewesen."

„Meine Mutter hat mir sogar empfohlen ihm einmal kräftig etwas mit der Peitsche zu geben."

„Und, hast du es gemacht?"

„Was?"

„Die Peitsche, hast du ihm die Peitsche gegeben?"

Die Frau zögert etwas: „Ja", sagt sie und dann, nach einem Moment der Verlegenheit: „Also ich nicht. Aber meine Mutter hat es gemacht. Sie hat am Nachmittag, noch vor der Abreise, bei einem Schuster eine lederne Reitpeitsche gekauft. Mehrere Lagen keilförmiger Riemen zusammen genäht, ein schöner Griff und vorne eine abgerundete Doppelklatsche. Ein sehr festes Leder. Sie hat ihn über die schon gepackten Koffer gelegt, die Hose herunter gezogen und ihm dann kräftig den nackten Po ausgehauen. Bestimmt mehr als vierzig Hiebe und das Teil hat eine gute Durchschlagskraft. Ich habe mich gewundert, dass er still gehalten hat."

„Und hat es geholfen?"

„Zunächst schon, bis der Wagen kam, hat er mit heruntergelassener Hose in der Ecke gestanden und auf der Fahrt war er mucksmäuschenstill. Er hat sogar meiner Mutter am Bahnhof die Koffer getragen und war richtig artig. Ich war ganz verwundert. Aber als wir dann wieder zu Hause waren, da hat man von der Wirkung der Prügel kaum noch etwas gemerkt. Manchmal habe ich den Eindruck, dass seine Launen jetzt noch schlimmer sind als zuvor. Er legt es geradezu darauf an, mich zu provozieren. Es ist einfach fürchterlich."

„Dann braucht er vielleicht öfter Schläge."

„Ich hab ihm nach Italien schon einige male die Peitsche gegeben, aber das hat irgendwie keinen nachhaltigen Effekt. Nach ein paar Tagen ist wieder alles beim alten. Und ich finde es auch komisch, wenn man das bei einem erwachsenen Mann macht."

„Wahrscheinlich ist er noch nicht richtig erwachsen."

„So kann man das natürlich auch sehen."

„Ja, das kann doch gut sein. Vielleicht braucht er einfach eine Nacherziehung, eine richtige kleine Erziehungskur."

Die Gastgeberin lächelt amüsiert.

„Nun ja, vielleicht liegst du da gar nicht so falsch. Er hat als Kind nie Grenzen gespürt. Das ist schon das Problem. Er ist zum Beispiel nie bestraft worden, nicht einmal mit so einfachen Sachen wie Stubenarrest oder Eckestehen. Strafen sind für ihn etwas, wie soll ich sagen, ungewöhnliches. Ich habe sogar den Eindruck, dass es ihn erregt, wenn ich ihm die Peitsche gebe."

„Aber das ist doch nicht schlimm, ganz im Gegenteil, das ist doch ein Zeichen, dass er es braucht. Vielleicht musst du einfach nur strenger mit ihm sein."

„Meinst du?" die Frau schaut skeptisch.

„Ja, ganz sicher", sagt die Gastgeberin und steht auf. Sie schaut den Mann prüfend an und sagt dann zur Frau: „Mach dir mal keine Sorgen."

Die Kamera fährt in die Totale. Die beiden Frauen gehen in das benachbarte Musikzimmer. Und während man den Mann sieht, wie er in der Veranda am Fenster steht und es in seinem Gesicht arbeitet, hört man Klaviermusik: Die Gastgeberin spielt Clementi.

„Was du für schöne Noten hast, meine Liebe", hört man die Stimme der Frau.

„Ich hab auch was zu vier Händen."

„Oh, ich glaube das kann ich nicht."

„Doch, versuch es mal."

Sie spielen vierhändig.

„Das ist doch wunderbar. Du spielst gut."

„Ich hab schon so lange nicht mehr gespielt."

„Wieso denn nicht?"

„Er mag das nicht, er mag kein Klavier."

„Das ist ja unmöglich, ich glaube dem muss mal jemand ordentlich die Leviten lesen."

Die Frauen spielen vierhändig Clementi, jetzt einen langsamen Satz. Der Mann steht am Fenster der Veranda und kaut nervös auf einem Zahnstocher herum.

Abblenden.

Schwarzes Bild, die Musik aus dem Musikzimmer wird langsam leiser. Man hört die Stimme der Frau.

„Du kannst dich so stur stellen wie du willst, du tust jetzt was ich dir gesagt habe, und zwar schnell!"

Man hört das Klatschen von einigen Ohrfeigen.

„Reichen die Ohrfeigen immer noch nicht? Soll ich dir vielleicht vor versammelter Mannschaft die Peitsche geben? Willst du das?

Das Bild wird eingeblendet. Die abendliche Veranda. Draußen ist es schon fast dunkel. Der Tisch ist abgeräumt. Der Mann steht mit gesenktem Kopf vor der Frau. Sein Gesicht glüht rot von den Ohrfeigen. Offensichtlich hat er schon eine ganze Menge Schläge bekommen. Neben ihm ein einfacher Hocker aus Holz. Auf dem Tisch steht eine Waschschüssel, dampfend mit heißem Seifenwasser, daneben einige Leinentücher. Die Gastgeberin sitzt auf dem Sofa an der anderen Seite der Veranda, ne-

14

ben ihr steht die Bedienstete mit einer bodenlangen weißen Schürze aus englischem Wachstuch.

„Willst du die Peitsche?", wiederholt die Frau ihre Frage. Sie schaut zu der Bediensteten und nickt ihr zu, zum Zeichen, dass sie die Peitsche holen soll.

„Nein", sagt der Mann jetzt kleinlaut, „ich gehorche."

„Dann aber schnell", meint die Frau.

Er stellt sich auf den Hocker. Die Bedienstete kommt, löst den Gürtel, öffnet ihm die Hose und zieht sie ihm bis über die Knie nach unten. Sie löst das Band, das seine Unterhose hält und zieht auch die nach unten. Dann nimmt sie sein Hemd hoch und verknotet die Hemdzipfel kurz über dem Bauchnabel. Sie macht das sehr geübt. Da sitzt jeder Griff.

Sie legt ein Wachstuch zwischen die Beine des Mannes und bedeckt damit die heruntergezogenen Sachen. Dann nimmt sie einen Schwamm und schrubbt dem Mann den Po gründlich mit der heißen Seifenlauge.

„Steh still, nimm die Hände nach oben, hinter den Kopf", sagt die Frau.

Der Mann bekommt eine Erektion.

„Schau mal wie gut ihm das tut", sagt die Gastgeberin vom Sofa aus. Sie legt eine Schallplatte auf das Grammophon. Man hört Musik, eine der frühen Symphonien von Mozart.

Die Bedienstete rubbelt dem Mann den Po trocken. Sie tränkt ein Tuch mit Alkohol und reibt Po und Pofalte mit Alkohol ab. Dann werden Unterhose und Hose wieder hochgezogen, aber nur bis zu den Oberschenkeln, nicht über den Po. Die Bedienstete zieht den Gürtel stramm zu. Hinten drückt er sich scharf in die Oberschenkel, knapp unter dem Ansatz des rot geschrubbten Pos, und vorne läuft er direkt über dem Schambein. Man sieht die Bauchdecke und das unrasierte Schamhaar des Mannes, der Penis ist heruntergedrückt in der Hose. Er kann nicht hoch kommen. Der Mann muss sich einmal um die eigene Achse drehen. Die Bedienstete schaut ihn von allen Seiten an. Oben sitzt alles. Sie nickt zufrieden. Dann beugt sie sich nach unten und krempelt die jetzt zu langen Hosenbeine hoch. Sie legt ein rechteckiges Gummilaken auf einen der Stühle und stellt den Stuhl neben der Tür vor die Wand.

„Setzt dich", sagt die Frau.

Der Mann steigt vom Hocker und setzt sich auf den Stuhl neben der Tür.

„Wir können ihn auch noch anschnallen", meint die Gastgeberin, „damit er auch wirklich still sitzt."

„Bitte nicht", sagt der Mann.

„Du sollst doch den Mund halten", sagt die Frau und gibt ihm ein paar um die Ohren. Der Mann duckt sich.

„Schnallen Sie ihn an", meint die Frau dann zur Bediensteten, „und schön fest, damit er nicht mehr so herumzappeln kann."

Die Bedienstete holt einen Korb mit Riemen und schnallt den Mann sorgfältig am Stuhl fest.

Die Gastgeberin geht durch die Veranda zu einer Kommode, zieht eine Schublade auf und holt daraus einen Knebel.

„Den sollten wir ihm vielleicht auch noch geben", meint sie zur Frau. Die Frau nickt.

Die Gastgeberin schnallt dem Mann den Knebel um. Sie schaut ihn an und will ihm eine klatschen, senkt dann aber die schon zum Schlag ausgestreckte Hand wieder. Sie nimmt ihm den Knebel ab. Der Mann sagt: „Danke", aber das hört man kaum. Die Gastgeberin geht zurück zur Kommode und holt aus der Schublade einen anderen Knebel. Der hat Riemen die unten über das Kinn und oben um die Nase herum über die Stirn gehen. Der Mann lässt sich den Knebel umbinden. Die Gastgeberin holt erneut zu einer Ohrfeige aus, berührt dann aber nur seine Wangen mit der Handfläche und nickt: „So, dann kann man ihn auch besser ohrfeigen."

Sie geht zu der Frau, die auf dem Sofa sitzt und sie interessiert beobachtet hat.

„Ich bewundere dich, wie du das machst. Du hast ein richtiges Händchen für Ihn", sagt die Frau.

Die beiden Frauen sitzen nebeneinander auf dem Sofa. Rechts, vorne im Bild in der Unschärfe, sieht man den auf dem Stuhl angeschnallten Mann.

„Der ist erst einmal versorgt", meint die Gastgeberin.

„Ja, meine Liebe, danke. Das war eine gute Idee."

Die beiden Frauen sitzen eine Weile da.

„Du musst dich einfach entspannen."

„Ja", meint die Frau und seufzt.

„Du musst nicht immer an ihn denken, denk auch einmal an dich."

„Das ist einfacher gesagt als getan."

„Du kannst ihm ja vor dem zu Bett gehen noch unsere Hundepeitsche geben. Die ist sehr schmerzhaft. Das ist genau das richtig für Ihn. Dann hast du Ruhe. Und jetzt entspann dich."

Die Gastgeberin fährt der Frau über die Schultern.

„Das ist ja alles völlig verkrampft."

Die Gastgeberin geht mit den Händen unter das Kleid der Frau. Sie öffnet langsam die oberen Knöpfe. Ihre Hände gleiten weiter unter das Kleid. Mit der einen

Hand massiert sie den Rücken, tastet sich an den Schulterblättern entlang zu den Knöcheln der Wirbelsäule und geht tief hinunter bis zum Steißbein, während sie mit der anderen Hand sich vom Schlüsselbein zum Hals hin vortastet um dann hinunterzugleiten, zwischen den Brüsten hindurch zum Bauchnabel und tiefer. Die Frau beginnt leise wohlig zu stöhnen.

„Das tut gut, meine Liebe, du hast wunderbare Hände."

Die Frau legt sich mit dem Rücken über den Schoß der Gastgeberin. Ihr Kopf ruht auf einem Kissen. Sie schließt die Augen.

Das Kleid der Frau ist von oben bis unten mit einer durchgehenden Reihe kleiner Knöpfe verschlossen. Die Gastgeberin öffnet einen Knopf nach dem anderen. Die Frau liegt jetzt in ihrem geöffneten Kleid auf dem Schoß der Gastgeberin. Die Frau trägt feine Seidenunterwäsche, die nur mit kleinen gestickten Schleifen gehalten wird. Die Gastgeberin öffnet die seitlichen Schleifen des Höschens und streicht mit den Kuppen ihrer Finger über die sich wölbende Scham der Frau.

„Mach weiter", sagt die Frau.

Neben dem Sofa steht ein kleiner Beistelltisch mit Einlegearbeiten und Messingfüßen. Auf dem Tisch liegt eine verzierte Schachtel aus Holz. Die Gastgeberin öffnet die Schachtel und holt aus ihr ein silbernes Dildo hervor. Sie reibt es zwischen ihren Schenkeln, damit es warm wird, und dringt dann mit dem Dildo in die Frau ein.

Der Frau kommt es.

Die Kamera fährt in die Totale, man sieht wieder den Mann, der mit Knebel und angeschnallt auf dem Stuhl neben der Tür sitzt. Der Schärfepunkt der Kamera wechselt von dem ausklingenden Liebesspiel der beiden Frauen zu dem Mann. Dann fährt die Kamera auf das Gesicht des Mannes. Tränen rinnen über die geohrfeigten Backen. Eine ganze Weile sieht man nur das Gesicht. Dann wird ganz langsam die nächste Szene weich überblendet. Der Mann liegt im Schlafzimmer über der Bettkante und bekommt die Peitsche. Die Kamera zeigt den strammen nackten Po und den klatschenden Riemen der Peitsche. Die Kamera fährt für einen kurzen Augenblick sehr nah heran, dann ein schnelles Abblenden.

Frühstück

Die nächste Szene spielt im Speisezimmer der Villa. In der Mitte des Raumes steht ein großer rechteckiger Tisch. Darüber ein mächtiger Leuchter. Die Wände sind mit dunkelrotem Stoff bezogen, der von dunklen, dünn geschnitzten Leisten gehalten wird. An der linken Wand, über dem Kamin, eine sehr gute Kopie von Ludwig Richters „Genovefa in der Waldeinsamkeit". Zur Terrasse hin, große, helle Glastüren, mit Blick in den Park. Auf der rechten Seite, neben der großen Tür eine Kopie von Rodins ehernem Zeitalter in Originalgröße. Die Statue steht auf einem Marmorsockel, der nur wenige Zentimeter hoch ist. Die Frau sitzt am rechten Ende des Tisches, die Gastgeberin am linken. Sie unterhalten sich angeregt.

„Ich habe so gut geschlafen wie schon lange nicht mehr", sagt die Frau.

„Siehst du, es tut dir gut einmal richtig zu entspannen."

„Es war wirklich eine gute Idee von dir. Ich fühle mich viel besser."

„Man muss das alles nicht so kompliziert machen."

„Ja, du hast schon recht, es ist viel einfacher, wenn man sich nicht dagegen sträubt. — Ich habe ihm übrigens ges-

tern Abend zum ersten Mal ohne schlechtes Gewissen die Peitsche gegeben. Es hat mir richtig gut getan."

„Und ihm auch, glaube ich. Martina packt ihn übrigens gerade in seine neuen Sachen."

„Es ist wirklich wunderbar, dass du das alles so in die Hand nimmst. Ich kann dir gar nicht sagen wie dankbar ich dir bin."

„Oh, ich habe doch auch meine Freude daran, und vor allem freut es mich, dass es dir gut tut. Das ist doch das Wichtigste."

Die Gastgeberin klingelt. Die Bedienstete kommt herein.

„Wie weit sind Sie mit Ihm, Martina?"

„Wir sind gleich fertig, gnädige Frau, nur noch einen Moment. Ich musste noch andere Schuhe besorgen lassen, wir hatten da nichts in seiner Größe."

„Aber die anderen Sachen, die ich Ihnen herausgelegt habe, passen alle?"

„Ja, gnädige Frau, sehr gut."

„Dann beeilen Sie sich mal."

„Natürlich, gnädige Frau."

Die Bedienstete verlässt den Raum.

„Ich bin schon gespannt, wie sie ihn zurecht gemacht hat", sagt die Frau.

„Nimm noch etwas Tee."

„Ja gerne."

Die Kamera geht auf die Tür. Die Tür öffnet sich. Man sieht den Mann. Er hat ein Halsband um und wird von der Bediensteten an einer Leine hereingeführt. Er trägt schwarze Schnürschuhe mit Absätzen, schwarze, glänzende Strümpfe und ein knielanges, enges, oben hochgeschlossenes Kleid. Das Kleid ist sehr klassisch schlicht geschnitten und komplett schwarz.

„Und das ist Gummi?", fragt die Frau.

„Ja", meint die Gastgeberin, „du kannst ja mal fühlen. Es ist wirklich ein interessantes Material und schau ihn dir mal an, was für eine Wirkung es auf ihn hat."

Man sieht wie die Frau sich den Mann von ihrem Platz am Frühstückstisch aus anschaut.

„Bringen Sie ihn doch mal etwas näher zu uns", sagt die Gastgeberin zu Bediensteten.

„Natürlich gnädige Frau", kommt es, schneller als ein Echo, aus dem Mund der Bediensteten. Sie zieht kurz an der Leine und der Mann folgt ihr.

„Das Gehen mit den Absätzen muss er noch lernen, aber sonst sieht es schon sehr gut aus", meint die Gastgeberin, „nehmen Sie ihn doch einmal von der Leine."

Die Bedienstete geht mit der Hand zum Halsband und öffnet den Harken der ledernen Leine, an der sie den Mann geführt hat.

Währenddessen steht die Frau auf und geht zur Tür. Neben der Tür ist an der Wand ein Harken, an dem eine geflochtene Peitsche hängt. Sie nimmt die Peitsche vom Harken, schaut auf das fast realistisch dargestellte Glied der neben der Tür stehenden Statue und gibt der Statue dann einen leichten Klaps auf den von Rodin so meisterlich wohlgeformten Po. Sie dreht sich um, geht langsam, die Peitsche in der Hand wiegend, auf den Mann zu und fixiert ihn mit einem fordernden Blick.

„So sieht also ein Mann in einem Gummikleid aus", die Frau lacht kurz. „Dann bedank' dich mal artig bei unserer Gastgeberin", sagt sie zum Mann. Sie packt ihn mit der linken Hand unter das Kinn. „Du hast doch gestern, unter der Peitsche, alles erzählt oder?" Ihr Griff wird fester: „Oder sind da noch andere Phantasien in deinem kleinen wirren Kopf, Sachen die du noch nicht gestanden hast? Brauchst du vielleicht noch etwas Anderes?" Sie lässt ihn abrupt los.

„Nein", sagt der Mann mit einem Zittern in der Stimme, „ich habe alles gesagt, wirklich."

„Das will ich auch hoffen", sagt die Frau und spielt mit der Peitsche in ihrer Hand.

„Ich schäme mich nur."

„Das brauchst du doch nicht." Plötzlich ist die Stimme der Frau sanft. „Es ist doch gut, dass ich jetzt weiß was dich anmacht. Und du solltest dankbar sein, dass unsere Gastgeberin so verständnisvoll ist. Sie ist eine sehr erfahrene Frau, sehr erotisch."

Die Frau streicht mit den Fingerkuppen über das Gummi des Kleides: „Fühlt sich das gut an?", fragt sie den Mann.

„Ja", sagt der und man hört in seiner Stimme die Mischung von Erregung und Scham, die ihn überwältigt.

Die Frau berührt mit der Spitze der Peitsche die Kniekehle des Mannes.

„Knie dich hin", sagt sie.

Der Mann kniet sich vor die Gastgeberin.

„Bedank dich für das Kleid", sagt die Frau.

Der Mann ist schamrot und bringt kein Wort heraus.

„Los, ist es so schwer danke zu sagen."

Die Frau gibt ihm einen Klaps mit der Peitsche.

„Danke", presst der Mann heraus.

„Wie heißt das?", fragt die Frau und diesmal ist die Peitsche so heftig, dass der Mann laut „Au", schreit.

„Danke liebe Herrin", sagt er dann.

Die Frau packt den Mann am Halsband und führt seinen Kopf zu den Füßen der Gastgeberin: „Küss ihr die Füße."

Die Gastgeberin nimmt ihren linken Fuß aus dem plüschbesetzten Hausschuh. Der Mann küsst sehr vorsichtig den ihm hingehaltenen Fuß. Die Gastgeberin lacht: „Der geht ja richtig ab." Sie nimmt seinen Kopf hoch, tätschelt ihn wie einen Hund und sagt: „Da haben wir ja genau das richtige für das kleine Männlein gefunden. Und jetzt raus mit dir, Martina wird dich etwas spazieren führten. Du brauchst frische Luft."

Die Bedienstete hakt die Leine wieder ein und führt den Mann nach draußen in den Park. Die Kamera zeigt die beiden Frauen, die ihren Tee trinken. Durch die Terrassentüren sieht man, wie die Bedienstete den Mann im Gummikleid an der Leine durch den Park führt.

„Meinst du er hat gestern Abend wirklich alles gestanden?", fragt die Frau.

„Zumindest das, von dem er selbst weiß", meint die Gastgeberin, und dann: „Es ist ein großer Unterschied eine Phantasie zu haben oder sie auszuleben. Das wird er noch sehen."

„Vielleicht sollte ich doch einmal etwas von diesem Sigmund Freud lesen", meint die Frau, „vielleicht bringt mich das ja auf neue Ideen."

„In diesem Fall würde ich gleich Sacher-Masoch empfehlen", sagt die Gastgeberin und lacht, „oder du schickst ihn mal zu jemandem wie Edith Kadivec nach Wien. Wien ist übrigens eine sehr schöne Stadt."

Abblenden.

Traum

Walzer Musik. Die Wiener Staatsoper. Die Kamera zeigt im Weitwinkel aus der Vogelperspektive die mit den Debütantinnen gefüllte Tanzfläche. Der große Saal ist voll mit tanzenden Paaren. Die Musik schäumt. Die Kamera kommt langsam näher an die tanzenden Paare heran. Man sieht jetzt, dass die weißen Ballkleider der Frauen und die schwarzen Anzüge der Männer nicht aus Stoff sondern aus Leder sind. Die Frauen sind sehr stark geschnürt und auch die Männer sind feste eingepackt. Ihre Gesichter sind sehr glatt, fast steif und glänzen.

Die Kamera geht noch näher heran, greift sich ein Paar aus der Menge und man sieht, dass die Männer und Frauen steife Latexmasken tragen. Nur die in den Schlitzen blitzenden Augen sind lebendig.

Das Paar in der Mitte tanzt immer heftiger. Die anderen Paare weichen zurück. Die Frau packt den Mann und wirbelt ihn durch die Luft. Immer wieder schleudert sie ihn hoch, er dreht sich und sie fängt ihn wieder auf. Der ganze Saal klatscht dazu im Takt der Musik.

Plötzlich ist es still. Die Musik ist verstummt, keiner der Zuschauer gibt einen Laut von sich. Die Frau beugt sich über den Mann, er liegt ausgestreckt auf dem Parkett. Sein Kopf liegt in einer sich schnell vergrößernden Blutlache. Sie nimmt ihm die Latexmaske ab. Beim letz-

ten Wurf hat sie ihn nicht aufgefangen. Er ist aus voller Höhe mit dem Kopf auf den Boden geknallt. Die Kamera zeigt das starre bleiche Gesicht des toten Tänzers.

Schwarze Blende. Ein Schrei.

Der Mann liegt im Bett. Er ist nass geschwitzt. Das Bett ist zerwühlt. Er schaut um sich, fasst in sein Gesicht, dann an seinen Hinterkopf. Langsam steht er auf, zieht sich den durchgeschwitzten Pyjama aus. Man sieht seinen von der Peitsche verstriemten Po. Auf dem Stuhl neben dem Bett liegt eine Unterhose. Er nimmt die Unterhose, riecht an ihr und zieht sie dann an. Er sucht nach seinem Hemd, findet es aber nicht. Dann öffnet er vorsichtig die Tür und schaut in den Flur. Eine breite Treppe. An der Stirnseite hängt ein übergroßes Gemälde einer Frau mit einem roten Gewand. Sie sitzt im Wald an einer Quelle. Sie schaut in das Wasser. Im Wasser liegt eine Krone. Der Mann starrt das Bild an. Einen Moment hat er den Eindruck, dass die Frau ihren Kopf wendet und ihn anschaut. Das Bild sieht aus wie Marianne Stokes Mélisande, nur ein vielfaches größer. Der Mann schleicht sich an dem Bild vorbei, die Treppe hinunter, vorsichtig auf seinen nackten Füßen.

Unten, am Treppenabsatz bleibt er stehen. Am Ende der Empfangshalle ist eine Tür offen, aus ihr scheint Licht in die Halle. Man hört das Klappern von Geschirr, dann eine helle Frauenstimme: „Oh, wo kommst du denn her?"

„Still", sagt eine Männerstimme sanft.

Dann hört man fröhliches Quieken und lustvolle Laute. Hinter der halb offenen Tür geht es offensichtlich munter zur Sache. Beide bemühen sich möglichst leise zu sein. Eine Schüssel fällt herunter.

„Oh", kommt ein spitzer Schrei aus dem Mund der Frau, „das gibt Ärger. Mach schnell, dass du fort kommst. Wenn die gnädige Frau dich hier findet, wird es für uns beide nur noch schlimmer."

Eine Tür wird geschlagen. Eine Peitsche knallt, ein Fuhrwerk setzt sich in Bewegung.

Der Mann geht geduckt langsam rückwärts die Treppe hinauf. Er schaut dabei weiter gebannt auf die halb geöffnete Tür. Am Treppenabsatz stößt er mit der Gastgeberin zusammen. Die trägt einen halboffenen roten Morgenrock und darunter cremefarbene Seidenwäsche.

„Was ist denn hier los? Warum läufst Du halb nackt durchs Haus?"

Sie packt ihn unsanft am Arm.

„Au"

„Nichts au, wir schauen uns jetzt einmal an, was du da gemacht hast."

Sie zerrt den Mann die Treppe herunter und geht mit ihm in die Küche. Dort kniet die Bedienstete auf dem Boden und fegt mit Handfeger und Kehrblech die Scherben zusammen. Sie springt auf: „Gnädige Frau, ich . . .", sagt sie und bricht ab, als die den Mann bemerkt, den die Gastgeberin immer noch am Arm fest hält.

„Läuft quasi nackt durchs Haus und erschreckt das Personal. Das wird ja immer schöner", sagt die Gastgeberin ärgerlich mit Blick auf den Mann.

Die Bedienstete hebt zum sprechen an, sagt dann aber doch nichts.

„Jetzt nehmen sie ihn nicht auch noch in Schutz", herrscht die Gastgeberin die Bedienstete an: „Holen sie die Peitsche, die schwere."

Die Bedienstete erbleicht.

„Na wirt's schon."

Die Bedienstete öffnet den Besenschrank und holt einen kräftigen Ochsenziemer aus dem Schrank. Sie überreicht ihn der Gastgeberin. Langsam geht die Bedienstete zur gegenüberliegenden Wand.

„Los, nehmen sie ihn und machen ihn fest, und ziehen sie ihm die lächerliche Unterhose aus. Wenn er schon nackt herumläuft, dann auch richtig."

Die Bedienstete schaut einen Moment irritiert, dann hat sie verstanden. Nicht sie, sondern der Mann soll die Peitsche bekommen.

Sie nimmt den vor Schreck starren Mann, führt ihn zur Wand, und bindet seine Hände mit zwei Lederriemen an den Metallring, der oben in der Mitte der Wand eingelassen ist. Sie zieht ihm die Unterhose aus. Die Kamera zeigt den Mann, wie er da mit erhobenen Armen an dem Metallring gebunden steht. Dann bekommt er den ersten Hieb mit der Peitsche. Er schreit.

„Ja, das ist die Peitsche mit der Personal gezüchtigt wird", sagt die Gastgeberin, „das ist jetzt eine richtige Strafe."

Der Mann wird ausgepeitscht. Die Kamera zeigt in der Totalen wie die Gastgeberin ausholt und die Peitsche durch die Luft saust. Man sieht das ängstliche Gesicht der Bedienstete, die bei jedem Hieb zuckt, als wenn sie ihn selber bekäme und dann sieht man das Gesicht des Mannes, schmerzverzerrt. Es hängt an der gekalkten Wand. Er versucht der Peitsche auszuweichen und zappelt hin und her, aber es hilft ihm nicht. Jeder Hieb trifft. Langsam überblendet Musik die Geräuschkulisse der Züchtigung, die Kamera entfernt sich.

Schnitt.

Immer noch die Küche aber eine andere Einstellung. Die Bedienstete sitzt in einer Ecke an einem kleinen Tisch und trinkt aus einer Emaille-Tasse. Auf der anderen Seite des Raumes in einem Käfig, der normalerweise für den Viehtransport genutzt wird, hockt zusammengekauert der Mann.

Die Frau kommt herein. Sie wird von der Gastgeberin begleitet.

„So, du läuft also früh am Morgen nackt durch das Haus und erschreckst das Personal", sagt die Frau zu dem Mann, „das wird ja immer schlimmer mit dir. Eigentlich solltest du den Rest des Tages hier eingesperrt bleiben."

Die Gastgeberin öffnet den Käfig. Der Mann kriecht heraus.

„Nimm mal die Hände hinter den Kopf", sagt die Frau.

„Da hast du also heute die Dienstboten-Peitsche bekommen", die Frau schaut sich den Mann genau an: „Das sind ja schöne Striemen."

Sie streicht mit der Spitze des Zeigefingers über den Rücken, entlang an den sich wölbenden Striemen. Dann packt sie ihm mit der Hand auf den Po.

„Eigentlich sollte ich diesen ungezogenen Po noch einmal richtig versohlen."

Sie gibt ihm einen Klaps: „Schäm dich."

„Du kannst ihm auch heute Abende noch den Po aushauen", sagt die Gastgeberin, „wir wollten doch jetzt zu Olivia."

„Aber ich habe keine Lust ihn mitzunehmen", sagt die Frau.

„Wir können ihn doch ins Turmzimmer sperren, da kommt er nicht raus und er kann soviel schreien wie er will."

„Das ist eine gute Idee, meine Liebe. Du hast immer so gute Ideen."

Schnitt.

Die beiden Frauen sitzen im Auto auf der Rückbank. Man sieht die Schulter des Fahrers, ansonsten die beiden Frauen und im kleinen Rückfenster die Straße. Sie fahren durch eine Allee.

„Ich bin mir wirklich nicht sicher, was das alles noch mit ihm gibt", meint die Frau, „manchmal ist es mir unheimlich. Er provoziert immer wieder neue Situationen."

„Mach dir mal nicht zu viele Sorgen, er hat ja jetzt seine Strafe bekommen und der Arrest wir ihm gut tun."

„Sein Bett, heute morgen, war klitschnass, das ist doch nicht normal", die Frau kann sich noch nicht beruhigen.

„Martina bezieht das heute Abend mit Wachstuch und wenn das nicht reicht, kommt er nachts einfach in eine der alten Schwitzanzüge von Wilhelm."

„Du bist immer so wunderbar pragmatisch", sagt die Frau. Sie klingt aber nicht wirklich überzeugt.

Die Gastgeberin nimmt die Hand der Frau und schaut sie an: „So jetzt vergiss das alles mal und freu' dich auf Olivia. Sie wird die gefallen. Sie hat sogar ein eigenes Gestüt, direkt hinter dem Haus. Es ist ein Traum."

Reithosen

Die Kamera blickt durch die große Tür der Veranda in den Park. Der erste Schnee ist gefallen. Alles ist zugeschneit. Die Sonne glitzert in den Schneekristallen. Dann fährt die Kamera zurück, durch die Veranda in die Eingangshalle der Villa. Dort steht die Gastgeberin neben der Garderobe vor einem kleinen Tisch, auf dem ein Stapel Post liegt. Die Wintersonne durchflutet den Raum.

„Olivia hat uns zum Reiten eingeladen", hört man die Stimme der Gastgeberin.

„Olivia?", fragt die Frau.

„Ja, die mit dem Anwesen am Stadtrand und dem Gestüt, es hat dir doch im Sommer bei ihr so gut gefallen."

„Sie hat uns *jetzt* zum Reiten eingeladen?"

„Ja, sie fragt auch explizit nach dir. Ich glaube du hast sie beeindruckt."

„Bei dem Schnee ausreiten?", fragt die Frau skeptisch.

„Du reitest doch gerne."

„Ja, schon, aber . . „

„Es ist wunderbares Wetter zum reiten, es gibt nichts Schöneres: die klare Luft, das Stampfen der Hufe im Schnee. Wenn du das noch nicht gemacht hast, musst du das unbedingt ausprobieren. Außerdem hat sie doch diese russischen Tundra Pferde. Du wolltest doch immer auf ihnen reiten."

„Ach, ich glaube das ist viel zu kalt für mich. Du weiß doch, was ich für eine Frostbeule bin."

Die Frau kommt die Treppe herunter.

„Ach Unsinn, mit der richtigen Kleidung ist es das reinste Vergnügen."

„Aber ich hab doch gar keine Reitsachen und schon gar nicht eine Winterausrüstung."

„Das ist kein Problem, wir schauen mal, was wir für dich finden. Ich habe da eine gute Adresse. Da wollte ich sowieso schon mal mit dir hin. Wir fahren am besten gleich, der Laden wird dir gefallen, keine Widerrede."

„Aber meine Liebe", entgegnet die Frau. Doch ihr Widerspruch ist nicht überzeugend.

Schnitt.

Im Auto. Die beiden Frauen sitzen nebeneinander auf der Rückbank, der Mann vorne neben dem Fahrer.

„Eigentlich könnte er uns ja auch mal fahren", meint die Gastgeberin.

„Er kann nicht Auto fahren, ihm wird immer schlecht, sagt er."

„Oh, dann sollten wir vielleicht schauen, dass wir einen großen Papier-Beutel für ihn haben."

„Ach Unsinn, er soll sich nicht so anstellen."

„Hast du ihm eigentlich die Binde vorgelegt, die ich dir gestern für ihn gegeben habe?"

„Ja, da unten sitzt jetzt alles fest bei ihm, da kann sich nichts rühren", sagt die Frau und lächelt.

„Die haben da nämlich sehr attraktives Personal, weist du", meint die Gastgeberin

„Soll ich die Riemen noch einmal kontrollieren?", fragt die Frau.

„Ich glaube mit *der* Lederbinde ist er sehr gut versorgt. Da ist noch niemand raus gekommen."

Die Frau muss niesen, sie öffnet ihre Handtasche. Ihr Blick zeigt einen kleinen Moment Verwunderung. Die Kamera zeigt den Inhalt der Handtasche. Da liegt die lederne Leine, an der der Mann im Garten spazieren geführt wird. Die Frau schaut die Gastgeberin an. Die lächelt: „Man kann ja nie wissen", sagt die Gastgeberin. Die Frau lächelt jetzt ebenfalls, nimmt ihr Taschentuch aus der Tasche und putzt sich die Nase.

Schnitt.

Im Inneren eines Bekleidungsgeschäfts. Sehr mondänes Mobiliar. Vitrinen mit aufwändig verziert geschnitzten Holzrahmen, ein dicker, weicher, dunkelroter Teppichboden, viel auf Hochglanz poliertes Messing bei den Türgriffen und den Beschlägen. Frau, Gastgeberin und Mann betreten den Laden. Von hinten kommt die Inhaberin auf die Kunden zu. Sie trägt einen schlichten, sehr eleganten dunkelgrauen Hosenanzug und für die Zeit untypisch unter der weißen schlichten Bluse ein gut geschnürtes Korsett.

„Wie schön, dass sie uns wieder einmal persönlich beehren, gnädige Frau", sagt die Inhaberin.

Die Frau schaut sich um: „Das hier ist alles so wunderbar, du hattest recht, wir hätten schon längst einmal hierher kommen sollen", sagt die Frau. Sie geht langsam durch den Laden.

„Womit kann ich den heute dienen?", fragt die Inhaberin die Gastgeberin.

„Wir suchen etwas zum Reiten", sagt die Gastgeberin.

„Für die Dame oder für den Herrn."

„Für die Dame."

„Haben sie schon eine bestimmte Vorstellung?"

„Vielleicht schauen wir erst einmal nach einer hübschen Hose, ich glaube das ist das wichtigste", sagt die Gastgeberin.

Die Inhaberin holt einige Reithosen und legt sie auf den Tisch.

„Wenn sie einmal schauen wollen. Hier haben sie einmal ein paar unterschiedliche Modelle", sagt sie, „die sind jetzt auch alle für dieses Wetter geeignet. Ich hab ihnen einmal einige Hosen mit Ganzbesatz rausgesucht. Diese hier ist extra gepolstert und auch hinten etwas höher geschnitten. Die Ledereinsätze sind übrigens alle aus echtem Nubukwaschleder, sehr stabil und sehr gut in der Pflege."

Die Frau schaut sich die Hosen an und streicht mit den Fingern über das Leder.

„So und da habe ich ihnen noch einmal ein Ganzleder-Modell herausgesucht. Das ist natürlich sehr edel."

„Oh, die ist aber schön."

„Ja, dann probier sie doch mal."

„Meinst du?"

„Ja natürlich, sie wird dir bestimmt stehen."

Die Inhaberin nimmt der Frau den Mantel ab. Die Frau geht mit der Hose in die Umkleidekabine. Die Inhaberin zur Gastgeberin: „Wollen sie nicht auch ablegen?"

Die Gastgeberin nickt. Die Inhaberin nimmt auch ihr den Mantel ab und hängt die beiden Mäntel an einen der Kleiderhaken die seitlich an den Vitrinen angebracht sind: „Und der Herr, will er nicht ablegen?"

Der Mann schüttelt den Kopf.

„Aber natürlich will er ablegen", sagt die Gastgeberin. Sie geht zum Mann, der stocksteif da steht und nimmt ihm, zusammen mit der Inhaberin, den Mantel ab. Schamröte schießt dem Mann ins Gesicht. Er trägt ein knielanges Gummikleid. Der Rockschoß fällt locker und weit um die Knie und oben, am Hals, schließt das Kleid mit einem schmalen Rüschenbündchen ab.

Die Inhaberin lächelt: „Ich habe mir schon gedacht, dass das der Herr ist, über den wir gesprochen haben."

„Ja ja, das ist er", sagt die Gastgeberin, „es steht ihm doch gut."

„Auf jeden Fall, auch die Größe ist richtig", die Inhaberin geht um den Man herum.

„Wenn sie noch etwas für ihn suchen: Wir haben gerade heute noch neue Sachen bekommen. Ich zeig ihnen gleich gerne noch etwas", sagt sie dann.

Die Frau kommt aus der Umkleide. Sie stellt sich vor den Spiegel: „Es fühlt sich super an."

Sie streicht mit den Händen über ihre Oberschenkel und über ihren Po: „Das sitzt wie angegossen, ich habe noch nie eine so gut sitzende Hose gehabt." Die Frau ist begeistert.

Die Kamera zeigt die Frau von hinten und den Blick in den Spiegel. Ganz am Rand des Spiegels sieht man den stocksteif in seinem Kleid da stehenden Mann. Die Frau bemerkt im Spiegel den Mann.

„Oh", sagt sie, dreht sich zum Mann um und fragt dann die Gastgeberin: „Hat Martina ihn doch nicht mehr umgezogen?"

„Ja", antwortet die Gastgeberin und dabei blitzt kurz ein nicht ganz klar einzuordnendes Lächeln in ihren Augen auf.

„Du bist mir auch eine, das hätte ich jetzt nicht gedacht", sagt die Frau.

Sie geht zum Mann und packt ihm mit der linken Hand unter das Kinn: „Na, mein Lieber, alles klar bei dir? Fühlst du dich wohl?"

Der Mann sagt nichts.

Sie packt ihm unter den Rock: „Auch hier alles klar?"

„Ja", sagt der Mann ganz leise.

„Und wie gefall' ich dir?", fragt die Frau den Mann. Sie dreht sich einmal um die eigene Achse.

„Wunderbar", antwortet die Gastgeberin.

Die Inhaberin: „Ich geb' ihnen mal einen Gürtel, der reguliert den Sitz noch einmal etwas." Sie holt einen Ledergürtel, zieht ihn durch die Schlaufen der Hose, zieht die Hose noch einmal etwas strammer und schließt den Gürtel: „So, jetzt ist es perfekt. Gehen sie mal ein paar Schritte."

Die Frau steht jetzt neben der Gastgeberin. „Dreh dich mal um", sagt die Gastgeberin zur Frau. Die Frau dreht sich um und streckt der Gastgeberin leicht ihren stramm in der Hose sitzenden Po entgegen. „Prächtig sieht er aus, dein süßer Po", sagt die Gastgeberin.

„Fühl doch einmal wie gut es sitzt."

Die Gastgeberin streicht mit der flachen Hand über den stramm in Leder gepackten Po. Sie gibt der Frau einen leichten Klaps.

„Oh", sagt die Frau, „bekomm ich jetzt auch schon was hinten drauf."

Die Gastgeberin, schmunzelt, lässt ihre Hand auf dem Po der Frau und dreht die Frau dann so, dass diese in ihrem Arm liegt und ihr Kopf leicht nach hinten fällt. Die Gastgeberin gibt der Frau einen Kuss auf dem Mund. Das ganze dauert nur eine halbe Sekunde, dann stehen die beiden Frauen wieder nebeneinander.

„Ich such ihnen dazu mal passende Stiefel heraus", sagt die Inhaberin.

Die Kamera zeigt das hochrote Gesicht des Mannes. Er ist erregt. Schnitt zum Blick aus der Perspektive des Mannes auf den strammen Lederhosenpo der Frau. Dann eine mehrfach wiederholte Zeitlupe vom Klaps und am Schluss dieser Sequenz, ganz kurz und schon in die Überblendung der folgenden Szene hinein der Kuss der beiden Frauen.

Die Frau probiert jetzt die Stiefel. Vor ihr liegen bereits drei Paar, die offensichtlich nicht passen.

„Ich glaub diese sitzen wirklich gut", meint die Frau und geht umher.

„Ja, dann fehlt eigentlich nur noch eine Reitjacke", meint die Inhaberin, „schauen sie mal was ihnen hier gefällt." Sie geht mit der Frau zu einem Schrank: „Ich würde ihnen dann auch Leder empfehlen."

Schnitt.

Die Frau steht, komplett eingekleidet vor dem großen Spiegel. Der Mann und die Inhaberin stehen im Hintergrund.

„Perfekt sieht es aus", sagt die Gastgeberin.

„Und es ist so bequem", meint die Frau.

„Daran werden sie ihre Freude haben, da bin ich mir sicher", sagt die Inhaberin, „und dem Herrn scheint es ja auch zu gefallen."

„Ist das Studio frei", fragt die Gastgeberin.

„Ich glaube schon", meint die Inhaberin, „ich kann gleich einmal fragen."

„Wir sollten unbedingt ein Foto machen, du siehst einfach traumhaft aus", sagt die Gastgeberin zur Frau.

„Meinst du?"

41

„Ja."

Die Inhaberin kommt zurück: „Ja, wir können ins Studio. Der Photograph kann gleich hier sein. Ich hole Ihnen in der Zwischenzeit etwas Kaffee und Gebäck."

„Wir werden ja verwöhnt", sagt die Frau und geht stolz in ihrer neuen Montur umher.

„Jetzt brauchst du dazu nur noch eine hübsche Peitsche", meint die Gastgeberin.

Die Inhaberin geht in den Nebenraum und kommt mit einer lederumflochtenen Springgerte zurück.

„Nehmen Sie die mal, die ist etwas kräftiger. Das wirkt auf dem Photo besser als die ganz dünnen Gerten", meint die Inhaberin.

„Eine schöne Gerte", meint die Frau und lässt die Gerte durch die Hand gleiten, „sie haben wirklich wunderschöne Sachen hier."

„Wir können gerne schon ins Studio herüber gehen und dort auf den Photographen warten", meint die Inhaberin, „der Kaffe ist auch schon dort."

„Ja, dann machen wir das doch", meint die Gastgeberin.

Die Frau dreht sich um. Sie sucht den Mann: „Wo ist er den jetzt schon wieder hin?"

Die Kamera zeigt den Verkaufsraum. Der Mann ist nicht zu sehen. Die Inhaberin schaut in die angrenzenden Räume. Auch dort keine Spur von dem Mann.

„Vielleicht musste er mal", meint die Gastgeberin, „er hat eben schon die ganze Zeit so herumgezappelt."

„Sein Mantel ist noch hier", meint die Frau.

„Geht er in seinem Kleid auch so auf die Straße?", fragt die Inhaberin.

„Nein", meint die Gastgeberin, „natürlich nicht."

„Oh ist das peinlich", sagt die Frau und setzt sich auf einen Stuhl.

Die Inhaberin geht neben einen der Schränke zu einer Sprechanlage.

„Fräulein Hausmann, schauen Sie doch bitte einmal ob oben noch ein Kunde ist?"

Die Frauen warten. Betretenes Schweigen, die Gastgeberin versucht ein Lächeln, die Frau schaut auf den Tisch vor ihr. Ab und zu klatsch sie nervös mit der Gerte gegen das Tischbein, dann an den Schaft ihrer Stiefel. Keine der Anwesenden sagt etwas.

Nach einiger Zeit kommt aus der Sprechanlage eine Stimme: „Ich glaube da ist noch jemand auf der Damentoilette im zweiten Stock."

„Dann schicken Sie ihn doch bitte herunter"; antwortet die Inhaberin.

„Der kann was erleben", meint die Frau, „jetzt verdirbt er uns noch die Photos."

„Ach Unsinn", meint die Gastgeberin, „der Photograph ist doch noch gar nicht da."

Aus der Sprechanlage kommt die Stimme von Fräulein Hausmann: „Er will nicht kommen, er hat sich eingeschlossen."

„Es ist einfach nicht zum aushalten mit ihm. Immer macht er Scherereien", sagt die Frau. Sie ist ärgerlich.

Schnitt. Im zweiten Stock. Das geschlossene Scherengitter des Fahrstuhls. Davor Fräulein Hausmann. Sie wartet auf die drei Frauen.

Fräulein Hausmann ist eine zierliche Person. Sie trägt ein schlichtes Kostüm aus halbtransparentem grünem Latex. Der wadenlange Rock ist sehr eng und hat unten einen Bund mit weit fallenden Rüschen. Man sieht durch

das transparente Latex die Strapse und fein gemuster-
te Netzstrümpfe. Die Bluse ist rauchgrau und ebenfalls
transparent, die Kostümjacke aus demselben grünlichen
Material wie der Rock, die Ärmel lang und etwas weiter
geschnitten. Der Fahrstuhl kommt. Die drei Frauen stei-
gen aus.

„Rechts oder links", fragt die Inhaberin.

„Rechts", antwortet Fräulein Hausmann, „ich gehe einmal vor."

Man sieht Fräulein Hausmann, die vor geht und die
drei Frauen, die ihr folgen.

Die Kamera zoomt auf die Gesichter der drei Frauen,
dann auf das Gesicht der Frau. Die Frau schaut auf das
vor ihr gehende Fräulein Hausmann, dann wechselt die
Frau einen Blick mit der neben ihr gehenden Gastgeberin
und weist mit einer Kopfbewegung auf Fräulein Hausmann.

Schnitt. Die Perspektive auf Fräulein Hausmann aus
der Position der Frau, die Rückseite von Fräulein Hausmann. Die Kamera zoomt auf ihren Po: Durch den trans-
parenten Rock sieht man sechs gut nebeneinander plat-
zierte Striemen eines kräftigen Rohrstocks.

„Sie ist sehr talentiert und meistens auch sehr folg-
sam", sagt die Inhaberin, die die zwischen den beiden
Frauen gewechselten Blicke bemerkt hat, „aber ab und zu
kommt auch bei ihr einmal der Stock zum Einsatz. Das
muss sein."

Auf den Gesichtern der Frauen sieht man Zustimmung.

Unbeeindruckt von dem Gespräch der hinter ihr gehenden Frauen sagt Fräulein Hausmann: „So, da sind
wir", und öffnet die Tür zur Damentoilette. Die Frauen
betreten den Vorraum der Damentoiletten.

„Er stand hier am Waschbecken. Als er mich bemerkt hat, hat er sich schnell in der Kabine eingeschlossen. Es ist die dritte Tür."

Die Frau geht zur Kabinentür und versucht sie zu öffnen. Sie rüttelt an der Tür.

„Theodor, du kommst jetzt sofort heraus", sagt die Frau.

Keine Reaktion.

„Soll ich den Hausmeister holen", fragt Fräulein Hausmann schüchtern.

„Ja, machen Sie das", meint die Inhaberin.

„Es tut mir wirklich leid, dass wir Ihnen solche Umstände machen", meint die Frau.

„Aber da können Sie doch nichts für, das kann doch mal passieren", meint die Inhaberin, „ich glaube, er ist in dem Moment ausgerissen, als ich für Sie die Peitsche geholt habe. Wahrscheinlich hat er Angst gehabt, dass er es mit der Peitsche bekommen könnte."

„Dazu hat er jetzt auch allen Grund", meint die Frau.

„Vielleicht reden Sie einfach einmal mit ihm alleine", meint die Inhaberin zu Frau.

Die drei Frauen verlassen den Toilettenvorraum.

„Theodor", sagt die Frau, „du kommst jetzt sofort da aus, du machst es nur noch schlimmer."

Es dauert eine Weile, dann wird die Toilettentür entriegelt und der Mann komm heraus.

„Es tut mir leid", sagt er und schaut zu Boden.

„Es wird dir gleich noch viel mehr leid tun", sagt die Frau, packt sein Kinn und gibt ihm zwei kräftige Ohrfeigen.

Sie nimmt aus ihrer Handtasche die Leine und leint den Mann an.

„Zuhause kannst du was erleben", sagt die Frau. Sie gibt ihm einen Klaps auf den Po: „Das gibt einen guten Hintern voll. Den wirst du so schnell nicht vergessen."

Sie geht mit dem angeleinten Mann aus dem Raum.

Schnitt.

Im Studio. Eine große Halle, eine Stahlkonstruktion, grün gestrichen. Das Dach komplett aus Glas. Sehr viel Licht. In einer Ecke des Raumes steht ein Stuhl mit Armlehnen und breiten Lederschnallen. Der Mann sitzt angeschnallt auf dem Stuhl. Das adrette Fräulein Hausmann zieht gerade die letzten Riemen fest. „Ist er richtig festgeschnallt?", fragt die Inhaberin.

„Ja, alles sitzt, der läuft nicht mehr fort", antwortet Fräulein Hausmann und lächelt ein wenig.

„Gut. Dann können Sie gehen, Fräulein Hausmann, danke schön", sagt die Inhaberin.

Die Kamera fährt in die Totale.

Vor einem gemalten Hintergrund, einer italienischen Landschaft posiert die Frau. Der Photograph stellt die Kamera ein.

„Zauberhaft, ganz zauberhaft", meint die Gastgeberin voller Begeisterung, „vielleicht noch eine Blume an der Seite?"

Man sieht die Frau in den unterschiedlichsten Posen und Stellungen. Ab und zu hört man das Verschlussgeräusch der Kamera, das bewegte Bild des Films friert ein, wird schwarzweiß, bekommt einen weißen Rahmen und wird, sich verkleinernd, zur Seite ausgeblendet. Nach gut einem Duzend Fotos dann abblenden.

Schäferstündchen

Die Kamera zeigt einen Ausschnitt des Bildes, das über dem Kamin im Speisezimmer hängt. Ludwig Richters schön gemalter Wald und über den Tannenwipfeln etwas lichtblauer Himmel. Die Kamera fährt schnell zu einem größeren Ausschnitt, dann das ganze Bild und dann die Frau, die davor steht und das Bild betrachtet.

„Ein schönes Bild", sagt sie nachdenklich, „ist das auch von deinem Mann?"

„Ja", antwortet die Gastgeberin, „er hat es geschenkt bekommen, zum Abschied, als er nach Berlin gewechselt ist. Es ist eine Kopie."

„Aber eine sehr gute."

„Das Original hängt in Hamburg."

„Ach deshalb."

„Ja, und weil er den Wald so liebte."

„Wo ist er eigentlich jetzt, dein Mann", fragt die Frau ohne ihren Blick vom Bild abzuwenden, „weißt du was er macht?"

„Er liegt im Keller, in einer Kiste neben dem Eis das das Bier kühlt."

Die Frau schaut immer noch auf das Bild.

„Du willst nicht darüber sprechen, nicht wahr. Eine Scheidung ist immer fürchterlich, ich weiß, aber bitte

mach nicht solche Witze, das mag ich nicht. Von so etwas bekomme ich Magenschmerzen."

„Ich wollte nicht witzig sein", sagt die Gastgeberin und ihrem Ton merkt man an, dass sie die Spannung aus dem Gespräch herausnehmen will.

Die beiden Frauen setzen sich an den Tisch, trinken Tee und knabbern dazu am Gebäck.

„Die letzten drei Wochen waren wirklich gut, das hätte ich nicht gedacht, nach dem fürchterlichen Morgen an dem er in der Küche den Unfug gemacht hat", sagt die Frau.

„Ich habe dir ja gesagt, dass alles gut wird, man braucht nur etwas Geduld."

„Und auch die Spaziergänge im Park an der Leine scheinen ihm gut zu tun. Es ist ja verrückt, was du alles mit ihm anstellst, aber deine Erziehungskur hat eine sehr gute Wirkung auf ihn."

„Es gibt eben Männer, die das brauchen. Das wichtigste ist, dass man konsequent bleibt, das ist das wichtigste, weißt du", sagt die Gastgeberin und schaut gedankenverloren in den Park.

„Vielleicht ist er jetzt so weit, dass er einmal mit uns Tee trinke kann", meint die Frau, „so als Test, um zu sehen wie weit seine Erziehung schon gefruchtet hat."

„Wie meinst Du das?"

„Ach, nur so eine Idee, die ich heute Morgen hatte, ich dachte, ich kann mir auch einmal etwas für ihn ausdenken."

Eine leichte Röte steigt in das Gesicht der Frau. Die Gastgeberin schaut immer noch in den Park. Sie scheint an etwas anderes zu denken und macht nicht den Eindruck wirklich interessiert zuzuhören.

„Man könnte ihm doch zum Beispiel mit diesem hübschen englischen Lederpaddle, das du mir gestern gezeigt hast, den Po aushauen, ihn in das stramme Gummikleid packen und dann auf einem ungepolsterten Stuhl still sitzen lassen."

„Hat er dir so eine Phantasie erzählt?"

„Nein, ich denke mich nur in ihn hinein, schließlich ist er mein Mann."

„Ja", sagt die Gastgeberin, zögert ein bisschen und kann dann den Satz, den sie offensichtlich noch sagen will, nicht mehr beenden. Das Gespräch der beiden Frauen wird abrupt von einem Tumult auf der Terrasse unterbrochen. Die Bedienstete zieht den Mann an der Leine, aber der will nicht und wehrt sich mit Händen und Füßen. Das Kleid ist eingerissen, er hat Schmutz im Gesicht und an den Beinen.

Die Gastgeberin öffnet die Flügeltür und geht auf die Terrasse: „Was ist den hier los, Martina?"

Mann und Bedienstete stehen mit gesenktem Kopf still vor der Gastgeberin. Keiner will etwas sagen.

„Was ist hier los?", wiederholt die Gastgeberin ihre Frage.

Die Frau kommt dazu. Sie packt den Mann mit dem Zeigefinger unter das Kinn, hebt seinen Kopf, damit er sie anschauen muss.

„Na, was ist los?", fragt sie und als der Mann nicht antwortet, packt sie ihn am Arm und sagt: „Komm mit, das klären wir auf deinem Zimmer."

Sie geht mit dem Mann ins Haus.

Szene im Zimmer des Mannes. Er steht vor dem mit Wachstuch bezogenen Bett. Der Schwitzanzug hängt, auf links gezogen, zum trocknen vor dem halb geöffneten Fenster. Das braun-gelbliche Gummi wird vom Wind hin und her geweht. Die Frau macht den Man mit einem Waschlappen sauber.

„So und jetzt erzähl was passiert ist."

Ganz zögerlich fängt der Mann an: „Sie hat mich . . ."

„Was hat sie dich?"

„Sie hat mir unter den Rock gepackt."

„Was ist passiert?"

„Sie hat mir unter den Rock gepackt" wiederholt der Mann.

„Ach so, sie packt dir unter den Rock?", die Frau glaubt dem Mann nicht.

„Sie hat mich quasi vergewaltigt."

Der Mann zittert am ganzen Körper. Die Frau schaut ihn mit einer Mischung aus Verwirrung und Skepsis an.

Schnitt. Man hört weiter das Gespräch, sieht aber wie die Gastgeberin in der Wand eine geheime Klappe öffnet und in das Zimmer schaut, in dem der Mann und die Frau sprechen.

„Was heißt das: Sie hat dich vergewaltigt?", fragt die Frau.

„Von hinten, hat sie es gemacht, sie hat mich genommen, hart genommen, von hinten."

„Und das soll ich dir glauben? Was redest du da für ein wirres Zeug. Weist du überhaupt was du da sagst?"

„Ja", der Mann schluchzt. Er stammelt einige nicht genau zu verstehende Worte.

„Was?", fragt die Frau, „du phantasierst."

Der Mann spricht jetzt ganz leise und zusammenhanglos einzelne Worte.

„Einen Penis hat sie gehabt? Unter ihrem Rock?", versucht die Frau das Gestammel des Mannes zu erraten.

Der Mann nickt.

„Das hättest du wohl gerne", die Frau wird aufgebracht: „Deine Spinnereien werden immer absurder. Ich glaub dir kein Wort. Ich will dir mal sagen was passiert ist: Du wolltest ein amouröses Abenteuer mit der Dienerschaft, wahrscheinlich wolltest du es mit ihr machen und sie hat sich gewehrt und jetzt erzählst du dumme Geschichten."

„Nein", der Mann weint.

„Natürlich war es so. Wie soll es anders gewesen sein. Du verläufst dich in deinen Phantasien. Ich glaub dir kein Wort. Du bringst mich in eine fürchterliche Situation mit deinen Spinnereien. Du machst alles kaputt."

Die Frau redet sich in Rage.

„Weißt du was das hier für ein Haus ist? Du hast ja gar keine Ahnung. Das ist hier alles voll gepackt mit Kunst, wertvolle Kunstwerke, viel mehr wert als das Vermögen, das du einmal erben wirst. Die großen Museen dieser Welt wären froh, wenn sie ein oder zwei dieser Stücke haben könnten. Hier stehen sie auf mehreren Etagen gleich Reihenweise nebeneinander: Richter, Rodin, Stokes, Boucher, Renoir, Liebermann, Munch. Für dich sind das alles nur Namen. Aber für den Kenner sind das Schätze und das ist nicht nur totes Kapital wie das Geld deines Onkels, das hier ist eine exklusive Sammlung, das ist Kultur. Du weißt gar nicht zu schätzen was das heißt, dass wir hier sein können. So eine großzügige Gastgeberin findet man nicht noch einmal! Denk nur mal an all das, was sie bisher für dich getan hat. Hast du das schon vergessen? Du bist undankbar. Du bekommst doch jetzt das was du brauchst. Das ist doch richtig, oder?"

Die Frau hält kurz inne und wartet auf eine Antwort des Mannes, doch der schluchzt nur in sich hinein. Die Frau geht etwas näher an den Mann heran und fährt dann langsam fort: „Und mir geht es zum ersten mal seit langem wieder richtig gut. Das lasse ich mir doch nicht von dir kaputt machen. Immer wenn es mir gut geht, willst du es mir kaputt machen!"

„Sie hat mich aber vergewaltigt", heult der Mann.

„Vergewaltigt", wiederholt die Frau abschätzig. Sie schaut ihn an: „Du spinnst."

Sie gibt ihm eine Ohrfeige.

„Ich lass mir das hier nicht von dir kaputt machen. Diesmal nicht!"

Sie gibt ihm noch eine Ohrfeige. Der Mann duckt sich. Er weicht den folgenden Schlägen aus.

„Halt still du Feigling", brüllt die Frau, „du bekommst nur was du brauchst."

Die Frau holt tief Luft, gewinnt wieder etwas an Fassung, ist aber immer noch sehr erregt.

„Du entschuldigst dich auf der Stelle bei unserer Gastgeberin und zur Strafe bekommst du zwei Tage nichts zu essen, zwei Tage! Hast du verstanden?"

Sie geht zum Schrank und holt die Peitsche: „Zieh das Kleid aus, na mach schon."

Der Mann zieht langsam das zerrissene Gummikleid aus.

„Nicht so langsam, mach schneller, leg dich über das Bett."

Der Mann legt sich über das Bett.

„Wie viel hast du verdient?", fragt die Frau.

„Sie hat es wirklich gemacht", jammert der Mann.

„Hast du immer noch nicht kapiert, dass jetzt Schluss mit den Spinnereien ist."

Sie gibt ihm den ersten Hieb, die weiteren folgen schnell.

Schnitt.

Man sieht wieder die Gastgeberin die durch die geheime Klappe in das Zimmer schaut. Sie schließt die Klappe. Ein vielsagendes Lächeln ist auf ihrem Gesicht zu sehen. Sie geht herunter in den Salon. Währenddessen hört man noch die Peitschenhiebe und das schmerzhafte Stöhnen des Mannes.

Schnitt.

In der Veranda. Die Gastgeberin sitzt auf dem Sofa. Sie klingelt nach de Bediensteten.

„Martina."

„Ja, gnädige Frau."

„Haben sie sich wieder zurecht gemacht."

„Ja, gnädige Frau."

„Und es ist alles wieder auf seinem Platz?"

„Ja, gnädige Frau."

Die Gastgeberin schaut zum Beistelltisch, das Kästchen liegt da.

„Alles?"

„Ja, alles."

Die Bedienstete verlässt die Veranda. Die Gastgeberin nimmt ein Buch und beginnt zu lesen.

Die Frau kommt mit dem Mann herein.

„Er will sich entschuldigen", sagt die Frau und gibt dem Mann einen Stups, „Na, mach schon."

„Es tut mir leid. Ich entschuldige mich", presst der Mann hervor.

„Knie dich hin", sagt die Frau. Der Mann gehorcht.

Die Gastgeberin schaut den Mann an: „Du meinst immer noch, dass Martina dich genommen hat, nicht wahr", sagt sie.

Der Mann nickt kaum sichtbar.

Die Frau sieht es: „Hör auf, wir haben das geklärt. Ich will nichts mehr davon hören."

„Lass ihn doch", sagt die Gastgeberin, „er muss es selber einsehen."

Sie klingelt nach der Bediensteten.

„Martina."

„Ja gnädige Frau."

„Heben Sie mal Ihren Rock hoch."

Die Bedienstete gehorcht.

„So, dann schaut der kleine Junge sich das mal ganz genau an, damit seinen neugierigen Augen auch nichts entgeht."

Die Gastgeberin dreht den vor ihr knienden Mann so um, dass er die Bedienstete mit dem hochgezogenen Rock anschauen muss. Sie trägt einen breiten, massiven Keuschheitsgürtel aus poliertem Messing.

„So, ich glaube das ist eindeutig", sagt die Gastgeberin, „die ist immer gut abgeschlossen und den Schlüssel habe nur ich alleine. Da kommt keiner dran." Sie deutet auf ihren Busen.

Der Mann starrt entgeistert auf den Keuschheitsgürtel.

„Drehen Sie sich mal um, Martina", sagt die Gastgeberin, „ich möchte, dass er Ihnen zur Strafe den Po küsst."

Der Mann kniet vor der Bediensteten und küsst ihr Keuschheitsgürtel und Po. Die Kamera fährt um die beiden herum. Man sieht Mann und Bedienstete im Profil. Der Mann küsst immer noch den Po. Dann sieht man die Bedienstete von vorne. Die Kamera zoomt auf den

Keuschheitsgürtel bis man bildfüllend das die Scham verschließende Metall sieht. In der Mitte ist ein Gewinde eingelassen mit dem sich ein Dildo am Metall befestigen lässt.

Abblenden.

Tagebuch

Die Frau sitzt im Musikzimmer an einem Sekretär und blättert in einem schwarzen Schreibheft. Die Gastgeberin kommt von hinten an die Frau heran, legt ihr die Hand auf die Schulter. Die Frau dreht sich um.

„Wusstest du, dass er ein Tagebuch schreibt?", fragt die Frau.

„Nein", meint die Gastgeberin, sie schaut auf das Heft: „Ist es das?"

„Ja", sagt die Frau.

„Und du ließt jetzt darin?", fragt die Gastgeberin.

„Ja, warum nicht", antwortet die Frau, „ich lese dir mal was vor."

Die Gastgeberin setzt sich in einen Schaukelstuhl und die Frau beginnt vorzulesen.

„Hier, vom Tag unserer Anreise: *Ich kann nicht schlafen. Egal wie ich mich hinlege, es geht nicht. Ich habe versucht auf dem Bauch zu liegen, den brennenden Po nach oben und die Bettdecke zurückgeschlagen, damit nichts die gestriemte Haut berührt, aber selbst das geht nicht. Der Schmerz ist zu stark. Auch die Selbstbefriedigung hilft nicht. Alles tut mir weh. Ich hoffe, dass das Schreiben mich etwas von dem Schmerz ablenkt. Ich muss irgendwie aus der Erregungsschleife herauskommen.*

Allein eine Position zu finden, in der ich schreiben kann, ist ein Problem: An Sitzen ist gar nicht zu denken. Ich habe ver-

57

sucht im Stehen zu schreiben, an dem kleinen Sekretär, aber das geht auch nicht. Jetzt knie ich vor dem Bett, habe mir ein Kissen unter den Bauch gelegt und das Heft vor mir auf dem zerwühlten Bettlaken. Ich hoffe, dass es eine zeitlang so geht.

Ich hätte nie gedacht, dass sie mich wirklich einmal so streng bestrafen würde. Heute hat sie es gemacht. Die Strafe hat eine starke Wirkung auf mich. Ich habe es mir bisher nicht eingestanden, aber seit ich mit ihr zusammen bin, habe ich mich nach einer Strafe von ihr gesehnt, nach einer richtig strengen, erzieherischen Strafe von ihrer Hand. Ich liebe ihre Strenge. Ich glaube ich habe es die ganze Zeit provoziert. Sie hat es heute so gesagt, als sie mir die Peitsche gegeben hat, und sie hat recht. Ich brauch das. Ja, ich will es von ihr bekommen.

Ich habe es gar nicht mehr gemerkt, dass ich sie ständig provoziere. Das läuft schon ganz automatisch ab, fast jeden Tag. Und dann fühle ich mich immer wie ein kleiner Junge und warte darauf ausgeschimpft und bestraft zu werden. Aber normalerweise ist dann an dieser Stelle Schluss. Ich habe mich nie getraut ihr das zu sagen. Statt etwas zu sagen habe ich immer ganz schnell versucht, das Gefühl zu unterdrücken und möglichst bald wieder der erwachsene Mann zu werden, der ich ja auch bin.

Heute war es anders. Schon morgens auf der Fahrt im Auto hat sie mir eine Ohrfeige gegeben. Es ist die erste Ohrfeige, die ich von ihr bekommen habe. Ich glaube es war sogar für mich die erste Ohrfeige überhaupt. Und natürlich hat es der Fahrer mitbekommen. Als wir angekommen sind, brannte meine Backe noch fürchterlich, so feste hat sie gehauen und jeder hat gesehen, dass ich eine gescheuert bekommen habe. Ich habe mich fürchterlich geschämt und gleichzeitig hat diese Scham in mir eine so heftige Erregung ausgelöst, wie ich es noch nie erlebt habe."

Während man weiter die Stimme der aus dem Tagebuch vorlesenden Frau hört, geht die Kamera immer näher an das Tagebuch heran, bis man nur noch die Schrift auf dem Papier sieht. Dann Schnitt zum selben Bild, aber mit dem schreibenden Stift des Mannes auf dem Papier und dann zoomt die Kamera langsam zurück und zeigt den vor dem Bett knienden Mann, wie er schreibt. Dann eine weiche Überblendung in die Szene wie der Mann aus dem Auto steigt und mit der Hand an die Backe geht und wie er auf die Bedienstete schaut. Die Szenen sind die gleichen wie am Anfang des Films, aber aus einer anderen Kameraposition gedreht und etwas langsamer.

Man hört weiter die Stimme der lesenden Frau: „*Ich bin einfach im Flur stehen geblieben, was natürlich unhöflich war. Vielleicht wollte ich auch, dass sie mich direkt bei der Begrüßung und vor der Gastgeberin zurechtweist. Diesmal wollte ich, dass es weiter ging. Ich war der kleine ungezogene Junge, der trotzig im Auto gesessen hat und der nicht mitfahren wollte zum Besuch, und eigentlich hätte ich noch eine Schmolllippe ziehen müssen. Aber die beiden Frauen haben mich gar nicht beachtet. Die waren nur mit sich selbst beschäftigt. Und dann habe ich an der Garderobe die Peitschen gesehen. Ich glaube, das hat es bei mir dann vollends durchbrechen lassen: Die Scham, dass jeder sehen konnte, dass ich geohrfeigt worden bin, von meiner Frau, und das da so ganz selbstverständlich Gerte und Peitsche hingen, und mein Mantel daneben. Ich glaube diese beiden Umstände zusammen waren einfach zu stark.*

Beim Essen hat meine Frau der Gastgeberin völlig ungeniert von Italien erzählt. Für die Gastgeberin war es ganz selbstverständlich, dass ich dafür eine Strafe verdient hatte. Meine Frau hat ihr darauf dann die Sache mit ihrer Mutter und der Peitsche erzählt. Ich wusste gar nicht wie mir geschah. Bisher war das immer schambesetzt, ein intimes dunkles Geheimnis und sie hat mit niemandem darüber gesprochen. Selbst wenn ihre Mutter gefragt hat, ob ich mich denn jetzt besser benehme oder ob noch einmal die Peitsche notwendig gewesen wäre, hat meine Frau nicht darüber gesprochen, sondern ist rot geworden und aus dem Raum gegangen. Doch heute hat sie ganz ungeniert mit der Gastgeberin darüber gesprochen und die Gastgeberin hat festgestellt, dass ich noch einmal erzogen werden müsste. Ich glaube die Gastgeberin ist sehr streng, sie hat eine ganz andere Einstellung zu Männern und hat überhaupt kein Problem damit, mich zu erziehen. Es ist sehr erregend."

Schnitt. Man sieht die beiden Frauen wie sie im Tagebuch des Mannes lesen. Die Frauen sitzen im Schlafzimmer der Gastgeberin in einem großen Jugendstilbett. Die Gastgeberin trägt ein schlichtes Nachthemd aus Seide, die Frau ein Negligé aus feiner schwarzer Spitze. Die Hand der Gastgeberin ruht im Schoß der Frau und streichelt ihre Scham.

„Ich glaube du hast ihn sehr beeindruckt", sagt die Frau, „warte, ich lese dir mal eine andere Stelle vor." Sie blättert im Heft und sucht die Stelle: „Hier ist es: Ich glaube das Erregenste ist die Normalität mit der sie die Erziehungsmaßnahmen durchführt. Wenn ich nicht spure gibt es ohne Umschweif etwas um die Ohren und es ist völlig egal, ob es im Salon ist, beim Einkaufen oder auf der Straße. Sie hat auch immer die Leine dabei, und wenn sie etwas anprobiert, macht sie mich einfach an einem Kleiderhaken oder einem Türknauf fest. Auch die Bedienstete hat das Recht mich zu züchtigen. Wenn sie mich im Park ausführt, nimmt sie jetzt immer die Reitpeitsche mit, und wenn ich zu lange stehen bleibe, oder auch nur das kleinste Zeichen von Aufsässigkeit zeige, gibt es einfach einen kräftigen Hieb. Anfangs habe ich es noch provoziert, weil ich von ihr die Peitsche wollte. Jetzt lasse ich es lieber, weil sie es mir meist direkt auf die Oberschenkel gibt."

Die Gastgeberin hat während der letzten Sätze die Scham der Frau sehr intensiv erregt. Die Frau beginnt tief zu stöhne: „Warte noch einen Moment, ich muss dir noch eine andere Stelle vorlesen", sagt die Frau. Die Gastgeberin verringert die Intensität ihrer Berührungen, lässt aber ihre Hand weiter im Schoß der Frau.

Die Frau ließt: *„Ich bekomme jetzt jeden Tag eine Stunde Nachhilfe. Die Gastgeberin hat die Lehrerin ausgesucht. Die Lehrerin ist sehr streng. Sie benutzt einen dünnen Lederstock, der sehr schmerzhaft ist. Sie diktiert und fragt mich ab. Beim Abfragen muss ich aufstehen und den Rock hochheben, damit bei jedem Fehler sofort der Stock auf den Nackten ziehen kann. Ich bemühe mich sehr, aber ich mache immer noch viel zu viele Fehler. Was besser geworden ist, ist meine Schrift. Die Lehrerin will, dass ich lerne so schön zuschreiben wie eine Frau. Manchmal wünschte ich, sie hätte keine Maske auf und ich könnte ihr Gesicht sehen. Aber meine Frau will das nicht. Es ist auch gut so. Sonst verliebe ich mich noch in die Lehrerin, denn ihre Strenge und die Art wie sich mich behandelt erregen mich sehr.*

Gestern Nacht habe ich geträumt, dass die Lehrerin nach der Züchtigung mir den Stock hinhält, damit ich ihn küsse und dass sie mich dann am Kinn gepackt hat, damit ich sie anschauen muss, so wie meine Frau es mit mir macht, wenn sie streng mit mir ist. Und dann hat sie die Maske abgenommen und es war meine Frau und ich musste die Maske auf den Mund küssen und dann habe ich eine Ohrfeige bekommen. Dann bin ich aufgewacht."

Die Frau schaut die Gastgeberin an: „Ich glaube, du bist ganz überzeugend in der Rolle."

Die Gastgeberin lächelt, „das verlernt man nicht", sagt sie, macht eine kurze Pause und fährt dann fort: „Und ich hatte selbst eine sehr strenge Gouvernante. Das hat mich geprägt."

„Du bist sehr erotisch", sagt die Frau.

Die Gastgeberin beugt sich über die Frau und küsst sie. Die Frau gibt sich hin.

Bestrafung

Die Kamera zeigt einen nackten Frauenpo. Der Zoom der Kamera fährt zurück. Jetzt sieht man, dass es ein gemaltes Bild in goldenem Rahmen ist: Louise O'Murphy, die Maitresse von Ludwig dem XV, liegt nackt auf dem Bauch. Es ist das Gemälde von François Boucher. Die Kamera fährt weiter zurück. Das Bild hängt über einem Divan, auf dem die Gastgeberin und die Frau liegen. Auf einem Leuchter brennen ein paar Kerzen. Aus einer Ampel fällt mild buntes Licht auf die beiden Frauen. Die Frau steht auf.

„Ach bleib doch noch etwas liegen", sagt die Gastgeberin.

„Ich kann nicht den ganzen Tag nur herumliegen und nichts tun", sagt die Frau. Ihre Stimme klingt gereizt.

„Was willst du den tun", fragt die Gastgeberin. Sie macht einen schläfrigen Eindruck.

„Ach ich weiß nicht", antwortet die Frau, „irgendetwas; ich weiß nicht was."

„Komm doch wieder zu mir", bittet die Gastgeberin, „du bist so schön warm."

„Es ist schon wieder Abend und ich bin noch nicht einmal im Park gewesen."

„Du kannst auch morgen noch in den Park gehen."

„Ich kann bald gar nichts mehr. Mein Kopf ist völlig leer. Du merkst gar nicht, dass es mir schlecht geht."

„Was willst du denn?", fragt die Gastgeberin sichtlich darum bemüht die Frau zu beruhigen.

„Ich weiß es nicht, ich weiß nicht was ich will, ich weiß gar nichts mehr. Ich weiß nicht einmal mehr wer ich bin", sagt die Frau und es klingt sehr vorwurfsvoll.

Die Gastgeberin antwortet nicht.

„Ich kann nicht immer wie ein Bohemien leben. Wir gehen einkaufen und du kaufst mir schöne Sachen. Wir gehen in die Oper und ins Konzert, wir gehen ins Varietee und wir gehen Essen und immer suchst du aus wo wir hingehen, und du zahlst ja auch. Du machst alles. Wir sind völlig abhängig von dir."

Die Gastgeberin setzt sich auf und schaut die Frau an. Die Frau redet weiter: „Jetzt hast du wieder dein verständnisvolles Gesicht, du verstehst aber gar nichts, gar nichts! Du hast dir hier deinen kleinen Palast gebaut, wundervoll; vollgestopft mit Gemälden, Skulpturen, wertvollen Möbeln, edlen Teppichen. Ein ganzes Museum. Und wir sind zwei kleine Vöglein die du in deinem goldenen Käfig hältst. Er wird an der Leine geführt, er will es ja so, und deine Dienerin trägt einen Keuschheitsgürtel. Wahrscheinlich würde es dir gefallen, wenn ich auch so ein Ding tragen würde. Dann hättest du mich ganz unter Kontrolle. Vielleicht komme ich dann irgendwann auch noch an die Kette."

Die Frau ist erregt. Sie gestikuliert wild mit den Händen in der Luft und stampft mit den Füßen auf den Boden.

„Ich verabscheue Dich! Ich hätte niemals zu dir kommen sollen. Nein, niemals!" Die Frau schickt einen zornigen Blick zur Gastgeberin: „Weist du, und dann die Sache mit meinem Mann. Ich hätte mich von ihm scheiden lassen sollen. Scheidung, das wäre die Lösung gewesen. Ihn vergessen und dann einen ganz normalen Mann; einen ganz normalen Mann hätte ich mir suchen sollen, nicht so einen Spinner. Ich hätte mich von dir nie überreden lassen sollen, diese ganzen verrückten Spiele mitzumachen. Das ist doch alles krank!"

Plötzlich tritt die Frau gegen das Bein des Diwans, sie stößt dabei an den Tisch, auf dem der Kerzenleuchter steht. Der Kerzenleuchter schwankt. Die Gastgeberin springt auf, bekommt den Leuchter gerade noch zu fassen und stellt ihn wieder auf den Tisch. Die Frau rennt aus dem Zimmer. Die Gastgeberin atmet einen Moment durch, fasst sich wieder und klingelt dann nach der Bediensteten.

„Martina, schauen Sie einmal nach ihr."

Nach einiger Zeit kommt die Bedienstete zurück: „Sie hat sich auf ihrem Zimmer eingeschlossen".

„Danke Martina", sagt die Gastgeberin.

Abblenden.

Auf der Veranda. Es ist früher Nachmittag. Die Sonne scheint warm und hell durch die Scheiben. Die Gastgeberin sitzt auf dem Sofa. Sie trägt einen Hosenanzug, ein sehr helles Weiß mit feinen schwarzen Nadelstreifen, sehr elegant. Neben ihr liegen ein paar Kissen. Sie liest in einer Zeitschrift. Auf der breiten Rückenlehne des Sofas liegt der schwarze Lederstock.

Die Frau kommt im Morgenmantel auf die Veranda. Sie bleibt verlegen stehen. Die Gastgeberin tut so, als bemerke sie sie nicht. Die Frau geht zögerlich ein paar Schritte auf die Gastgeberin zu.

„Es tut mir leid", sagt die Frau.

Die Gastgeberin schaut auf.

„Es tut mir leid, das gestern, alles, was ich gesagt habe", wieder holt die Frau.

Die Gastgeberin legt die Zeitschrift aus der Hand.

„Ich schäme mich so", sagt die Frau. Sie steht jetzt unmittelbar vor der Gastgeberin.

„Ich war so fürchterlich", sagt die Frau und sinkt auf die Knie.

„Ich weiß auch nicht, was mit mir los ist. Ich habe einen fürchterlichen Charakter. Du bist so gut zu uns gewesen und ich so undankbar. Du bist so eine wunderbare Frau und ich war so gehässig. Weist du, in mir ist alles so durcheinander. Es ist so ungewöhnlich, von einer Frau erregt zu werden und auch die Art, wie du mit meinem Mann umgehst, das ist alles so ungewöhnlich. Aber es ist richtig. Du machst alles richtig. Und ich bin dir so dankbar. Und ich wünschte ich könnte das ungeschehen machen, gestern. Bitte verzeih mir, verzeih mir."

Die Gastgeberin nimmt die Frau in den Arm. Die Frau schluchzt. Eine ganze Weile hält die Gastgeberin die vor ihr kniende Frau so fest.

„Es ist gut, dass du endlich aus deinem Zimmer gekommen bist", sagt die Gastgeberin. Ich hatte schon Angst, dass du dir etwas antun würdest."

Wieder nimmt sie die Frauen in den Arm.

„Du schmeißt uns nicht raus?", fragt die Frau.

„Nein, meine Liebe. Auf keinen Fall", sagt die Gastgeberin zärtlich.

Die Frau beginnt wieder zu schluchzen und vergräbt ihren Kopf im Schoß der Gastgeberin. Die streicht ihr über den Kopf.

„Wein ruhig", sagt die Gastgeberin. Die Frau schluchzt eine zeitlang hemmungslos in den Schoß der Gastgeberin. Dann schaut sie auf: „Weist du", manchmal denke ich, dass ich auch eine Züchtigung brauche."

„Aber meine Liebe", sagt die Gastgeberin.

„Doch", meint die Frau, „einfach eine Strafe. Ich war so gemein zu dir, so undankbar, so böse. Ich war noch nie so böse zu jemandem, der so gut zu mir war. Ich glaube ich habe eine richtig strenge Strafe verdient."

„Das ist doch Unsinn", sagt die Gastgeberin, „du hast zuviel in den Tagebüchern deines Mannes gelesen."

„Nein", die Stimme der Frau ist immer noch von den Tränen durchtränkt, aber fester, „ich brauch es. Und ich will es. Ich will es von dir bekommen, so wie du es auch bei meinem Mann machst."

Die Gastgeberin nimmt den Kopf der Frau in die Hände: „Meine Liebe, weist du was du da sagst?"

„Ja", sagt die Frau, „ich brauche eine richtige Erziehungsmaßnahme. Es wird mir gut tun, wenn ich für mein fürchterliches Benehmen eine ordentliche Tracht Prügel bekomme, wenn du mir richtig streng den Po versohlst. Richtig streng, so streng, dass ich drei Wochen lang nicht mehr sitzen kann. Das wäre angemessen. Dann werde ich die ganze Zeit daran denken, wie schlimm ich war. Ich brauche eine Strafe. Züchtige mich! Bitte. Wenn du mich liebst, dann züchtige mich jetzt."

„Ich will das nicht", sagt die Gastgeberin sanft und schüttelt dabei langsam den Kopf.

„Doch bitte", sagt die Frau, „ich habe ein so fürchterlich schlechtes Gewissen. Du darfst mir das nicht verweigern. Du kennst beide Seiten. Du warst so lange als Erzieherin im Internat. Du bist streng. Du hast widerspenstige junge Damen erzogen, sie zur Raison gebracht und sie zu folgsamen Haus- und Ehefrauen geformt. Und gleichzeitig bist du selbst von einer strengen Gouvernante erzogen worden. Du weiß wie sich der Stock auf dem Po anfühlt. Ich habe von meiner Mutter immer nur die flache Hand bekommen und das auch nie sehr feste. Ich habe das Züchtigen erst bei dir gelernt und jetzt brauch ich es selbst. Kannst du das nicht verstehen? Ich bitte dich darum. Bitte."

„Du hast wirklich zu viel in seinen Tagebüchern gelesen", sagt die Gastgeberin. Sie nimmt den Oberkörper der Frau hoch und zieht sie so an sich heran, dass sie die Talje der Frau zwischen ihren Oberschenkeln einklemmen kann. Die Gastgeberin beugt sich etwas vor und geht mit beiden Händen unter den Morgenmantel. Sie streicht sanft über den Po der Frau.

„Du hast einen so schönen festen Po", sagt die Gastgeberin.

Die Gastgeberin packt den Po der Frau von unten und schiebt die Frau zwischen ihren Schenkeln hoch. Sie küsst ihre Brust.

Die Frau sieht auf der Sofalehne den Lederstock liegen. Sie windet sich aus der Umarmung der Gastgeberin.

„Der liegt doch sonst nicht da", sagt die Frau.

„Wer liegt sonst nicht da?", fragt die Gastgeberin.

„Der Lederstock, du hast den Lederstock doch schon für mich herausgelegt. Da! Der liegt doch sonst nicht hier auf dem Sofa. Warum sagst du dann, dass du mich nicht züchtigen willst? Willst du mich noch mehr quälen?"

Die Gastgeberin schaut nach hinten zum Stock, dann wieder zur Frau: „Meine Liebe, heute früh, ja, da war ich sehr zornig auf dich, fürchterlich zornig. Deine Undankbarkeit und deine fürchterlichen Launen, deine Gehässigkeit und deine Unbeherrschtheit, das hat mich sehr zornig gemacht. Ja, ich habe den Stock aus dem Kabinett geholt und ihn hier hingelegt, für dich. Ich wollte dich damit bestrafen. Ja. Aber, je länger du auf deinem Zimmer geblieben bist, je mehr ist mein Zorn verschwunden. Ich will dich nicht schlagen. Ich hatte den Stock schon vergessen."

Die beiden Frauen küssen sich.

„Ist es jetzt gut?", fragt die Gastgeberin.

„Nein", sagt die Frau leise aber bestimmt, „bitte züchtige mich. Ich brauche die Gouvernante."

„Du willst es wirklich?", fragt die Gastgeberin.

„Ja."

„Ganz sicher?"

„Ja."

Abblenden ins Schwarz.

Nach einiger Zeit hört man Klaviermusik. Jemand spielt im Musikzimmer Chopins C-Moll Nocturne No. 21. Langsam erscheint das Bild: Die Treppe, die halb geöffnete Tür des Musikzimmers und das übergroße Bild der Mélisande mit ihrem roten Gewand. Die Frau geht langsam die Treppe hoch. Sie trägt ein transparentes Latex-Kostüm, ähnlich dem, das Fräulein Hausmann im Geschäft getragen hat, nur dass die Frau keine Strümpfe und keine Unterwäsche trägt. Die Frau schaut auf das Bild. Einen Moment verschwimmt das Bild. Es scheint der Frau, als liege statt der Krone ein Halsband im Wasser. Schnitt.

Die Frau steht vor der Tür zum Kabinett und klopft. Die Tür öffnet sich. Schnitt in das Kabinett. Die Gastgeberin sitzt mit überschlagenen Beinen in einem Stuhl und liest. Sie hat eine hautfarbene Voll-Maske aus Latex auf, trägt einen langen Glockenrock aus schwarzem Gummi und eine Bluse aus demselben Material. Auf dem Schreibtisch liegt der Lederstock. Man sieht, dass die Frau etwas sagt, aber man hört nur die Musik. Die Frau kniet sich hin. Die Gastgeberin steht auf, geht der Frau mit dem Zeigefinger unter das Kinn und lässt sie dann aufstehen. Die Frau geht zum Tisch und legt sich über. Die Gastgeberin schiebt der Frau langsam den Rock hoch und nimmt dann den Lederstock vom Schreibtisch. Die Musik hört auf. Es ist ganz still, man hört nur das Atmen der Frau und die Geräusche, die die Latexkleider der Gastgeberin bei jeder ihrer Bewegungen machen. Die Gastgeberin streicht mit ihrer behandschuhten Hand über den nackten Po der Frau. Sie gibt ihr einen leichten Klaps. Die Frau hält still. Dann kommt der erste Schlag mit dem Stock, nicht sehr feste, aber gut platziert. Der Atem der

Frau geht schneller. Die Gastgeberin deckt den Po der Frau mit einer ganzen Salve von leichten Hieben ein. Sie massiert den Po mit der Hand. Dann gibt es eine weitere Portion Schläge. Diesmal sind die Hiebe schon fester. Man sieht deutlich die roten Spuren des Stocks. Die Frau wird unruhig, sie bewegt ihren Po hin und her.

„Schön still liegen bleiben", sagt die Gastgeberin. Ihre Stimme klingt durch die Maske seltsam verzerrt. Die Gastgeberin drückt den Oberkörper der Frau auf den Tisch und bringt die Frau wieder in die richtige Position. Sie wartet einen Moment, dann gibt sie der Frau den ersten richtig fest durchgezogenen Hieb. Die Frau stößt einen lauten spitzen Schrei aus und springt auf. Sie reibt sich den Po und tanzt von einem Bein auf das andere: „Au, au, au." Ihr bleibt fast die Luft weg.

„Überlegen", sagt die Gastgeberin bestimmt, „sofort wieder über den Tisch. Du willst doch nicht, dass ich dich anschnalle? Oder?"

Die Frau legt sich wieder über den Tisch. Die Gastgeberin lässt den Stock jetzt einige male hintereinander recht fest auf den Po sausen. Drei Schläge hält die Frau aus, dann beginnt sie zu zappeln. Die Gastgeberin schlägt noch fester. Die Frau springt auf. Sie reibt mit beiden Händen ihren Po und schreit.

„Ich halt das nicht aus. Au, au!", jammert sie.

Die Gastgeberin gibt ihr eine Ohrfeige: „Sei still. Hände nach vorne. Du weißt, dass du während der Züchtigung deinen Po nicht anpacken darfst."

Zögernd nimmt die Frau ihre Hände nach vorne. Sie hat Tränen in den Augen.

„Schau mich an", sagt die Gastgeberin: „Du wirst lernen deine Strafe willig zu empfangen. Du wolltest es doch so haben."

Die Frau schluckt.

„Streck deine Finger aus", sagt die Gastgeberin. Die Frau gehorcht.

„Schön ausstrecken."

Die Gastgeberin gibt der Frau mit dem Stock Schläge auf die ausgestreckten Finger. Nach jedem Schlag zieht die Frau die Hände zurück, streckt sie aber schnell wieder aus.

„Leg dich wieder über den Tisch", sagt die Gastgeberin. Die Frau gehorcht ängstlich zögernd. In ihrem Gesicht sieht man aufsteigende Angst. Es ist kein Spiel mehr.

Die Gastgeberin schiebt den etwas nach unten gerutschten Rock der Frau wieder hoch.

„So, du zählst jetzt jeden Hieb laut und deutlich mit", sagt die Gastgeberin. Sie lässt den Stock kräftig auf die dargebotenen nackten Pobacken sausen. Nach jedem Schlag macht sie eine kleine Pause. Die Frau zählt mit. Beim neunten Schlag richtet sie sich wieder auf. Ihre Hände gehen zu ihrem Po, berühren ihn dann aber doch nicht.

„Brauchst du noch mehr auf die Finger?", fragt die Gastgeberin.

Die Frau schüttelt den Kopf. „Ich gehorche", sagt sie leise. Sie legt sich wieder über den Tisch.

„Zwanzig", sagt die Gastgeberin.

„Oh", sagt die Frau erschrocken, bleibt aber liegen.

Die Gastgeberin gibt die Schläge auf den Po der Frau. Beim fünfzehnten Schlag hält die Frau es nicht mehr aus.

Sie springt auf, hüpft hysterisch schreiend durch den Raum und reibt mit beiden Händen ihren Po.

Die Gastgeberin bleibt ganz ruhig. „Du willst also angeschnallt werden", sagt sie. Die Frau erstarrt. Ängstlich schaut sie in das Gesicht der Gastgeberin. Dabei presst sie beide Hände auf ihren brennenden Po. Sie will etwas sagen, bringt aber kein Wort heraus. Die Gastgeberin legt den Stock beiseite. Sie geht zur gegenüberliegenden Seite des Raumes. Dort ist ein großer schwarzer Vorhang. Die Gastgeberin zieht den Vorhang beiseite. Hinter dem Vorhang steht ein lederbespannter Bock, von der Decke hängt eine Kette, an der ein schulterbreiter Holzbalken hängt. An seinen beiden Enden sind metallene Öse angebracht ist. Ganz hinten steht ein schlichter Schrank aus dunklem Mahagoni. Durch die kaum getönten Scheiben der Türen sieht man ein ganzes Arsenal von Züchtigungsinstrumenten: Schnalle, Riemen, Klatschen und Peitschen.

Die Gastgeberin führt die Frau zum Bock. Sie holt aus dem Schrank einen Knebel und legt ihn der Frau an. Sie öffnet der Frau die Bluse, nimmt ihre Brüste heraus und massiert sie. Die Frau beginnt zu stöhnen. Die Gastgeberin öffnet die Bluse ganz und zieht der Frau Kostümjacke und Bluse aus. Sie legt der Frau ein breites Lederhalsband an, dann führt sie die Frau zum Bock.

Die Frau steht jetzt vor dem Bock, ihre Hände liegen auf der Sitzfläche. Die Gastgeberin zieht den Rock der Frau etwas nach unten und öffnet von hinten den Rock. Der Rock fällt auf den Boden. Die Frau ist jetzt bis auf Halsband und Knebel völlig nackt.

Die Frau steht mit gespreizten Beinen und weit ausgestreckten Armen vor dem Bock. Die Gastgeberin streicht mit der Spitze des Stocks über die Arme, die Achselhöhlen, die Brust und den Bauch der Frau. Dann berührt sie mit der Stockspitze die Scham.

Die Frau zittert aber sie rührt sich nicht.

Die Gastgeberin legt die Frau über den Bock, sie macht das Halsband mit einem Haken an einer Öse fest. Dann schnallt sie die Frau mit einem kräftigen braunen Riemen fest an den Bock. Auch Hand- und Fußgelenken werden angeschnallt. Die Gastgeberin geht um die angeschnallte Frau herum und holt aus dem Schrank eine breite Lederklatsche. Sie beginnt damit den Po auszuhauen.

„Jetzt wirst du richtig gründlich versohlt. Du hast es so gewollt", sagt die Gastgeberin.

Man hört wieder die Klaviermusik. Das Klatschen des breiten Leders auf dem nackten Po der Frau, die durch den Knebel unterdrückten Schreie und die Musik mischen sich.

Die Kamera zeigt eine Einstellung in der man die über den Bock angeschnallte Frau, die neben ihr stehende, immer schneller die Klatsche auf den Po sausen lassende Gastgeberin und den Schrank mit den Riemen, Klatschen und Peitschen sieht. Neben dem Schrank öffnet sich eine verborgene Klappe in der Wand. Die Kamera fährt auf die Klappe zu. Man sieht ein Auge und die kräftige Augenbraue eines Mannes.

Schnitt.

Man sieht den heftig auf den glühend roten, völlig verstriemten Po der Frau sausenden Stock. Immer wieder saust der Stock auf den Po. Dann zeigen ein paar Bilder eine sehr nahe Aufnahme von der Latexmaske, die die Gastgeberin trägt. Ihr Mund ist halb geöffnet. Sie atmet schnell. Die Kamera fährt noch näher heran. Man sieht jetzt nur die Augen. Schweiß quillt unter der Maske hervor. Die Gastgeberin ist sehr erregt.

Neue Einstellung: Eine ruhige Totale mit der über den Bock geschnallte Frau. Sie atmet schwer. Unmittelbar hinter ihr steht die Gastgeberin. Die greift langsam unter ihren schwarz glänzenden Rock. Ein vorgeschnalltes Dildo wird sichtbar. Die Gastgeberin schiebt es in den Po der Frau. Zunächst vorsichtig, dann immer heftiger dringt sie in die Frau ein. Die Gastgeberin ist sehr erregt, sie schnappt nach Luft. Man hört das durch den Knebel gedämpfte Stöhnen der unter den Stößen der Gastgeberin bebenden Frau. Das Stöhnen wird immer lauter, die Gastgeberin immer heftiger. Sie stößt einen dunkel stumpfen Schrei aus, lässt von der Frau ab und reißt sich die Maske vom Gesicht.

Wieder der Blick der Kamera auf die beiden Frauen und die Wand mit der versteckten Öffnung. Das beobachtende Auge ist immer noch da.

Die Gastgeberin geht langsam zum Stuhl und setzt sich. Sie atmet schwer. Sie öffnet ihre Bluse um besser Luft zu bekommen. Man sieht ihre nackte Brust. Sie ist unter dem Latex völlig verschwitzt, ihre Haut ist gerötet.

Es klopft an der Tür. Die Gastgeberin reagiert nicht. Das Klopfen wird heftiger. Man hört die Stimme der Bediensteten: „Ich hab ihnen doch unten schon gesagt, dass sie hier jetzt nicht rein können."

„Das werden wir ja sehen", sagt eine Männerstimme. Noch einmal heftiges Klopfen. Die Kamera zeigt eine Einstellung in der man ganz rechts die erschöpft im Stuhl sitzende Gastgeberin und im linken Drittel des Bildes den Bock mit der immer noch festgeschnallten Frau sieht. Zwischen angeschnallter Frau und sitzender Gastgeberin, sieht man, etwas von der Bildmitte versetzt, die Tür. Sie vibriert von dem heftigen Klopfen.

„Auf ihre Verantwortung", hört man die Stimme der Bediensteten. Und dann, nach einer kurzen Pause: „Aber dann lassen sie mich bitte wenigstens vorgehen."

Die Tür wird geöffnet, die Bedienstete kommt in das Kabinett, hinter ihr stehen zwei Männer mit langen dunklen Mänteln. Sie halte ihre Hüte in der Hand.

„Gnädige Frau, es sind zwei Herren für sie da, sie wollen ihnen ...", sagt die Bedienstete und bricht den Satz ab, als sie die Gastgeberin völlig erschöpft und mit geöffneter Bluse im Stuhl sitzen sieht.

„Gnädige Frau?", kommt es verstört aus dem Mund der Bediensteten.

„Es ist alles in Ordnung, Martina", sagt die Gastgeberin. Sie fasst sich wieder etwas: „Ich brauche nur eine Minute, dann empfange ich die Herren."

Die Bedienstete gibt der Frau den Morgenmantel, aus heller Seide. Die Gastgeberin steht auf, zieht den Morgenmantel über die schwarze Latexkleidung und geht zu den beiden in der Tür stehenden Herren.

Musik. Wieder ein Chopin Nocturne.

Das, was die Herren zur Gastgeberin sagen, wird bereits von der Musik überdeckt. Im Abblenden sieht man, wie der Frau Handschellen angelegt werden. Sie wird abgeführt.

Kommissariat

Ein langer Flur, dunkle Fliesen an der Wand, etwa schulterhoch, einige sind schon gesprungen. Der Boden: abgetretenes Steingut, grau mit einem schwarzen Muster. In regelmäßigen Abständen schwere Holztüren, dunkel grün lackiert. Auf einer einfachen Holzbank sitzt die Gastgeberin in einem sehr schlichten Kleid. Neben ihr ein Wachtmeister.

Die Tür, vor der die Gastgeberin sitzt, geht auf. Der Wachtmeister steht auf, mit ihr die Gastgeberin. Man sieht, dass die Gastgeberin an den Wachtmeister mit einer Handfessel gekettet ist. In der Tür steht der Kommissar, ein großer stämmiger Mann.

„Kommen sie", sagt der Kommissar. Wachtmeister und Gastgeberin gehen in das Zimmer.

Schnitt.

Im Büro des Kommissars. Ein kleiner Raum, zwei Schreibtische mit abgewetzten Tischplatten, rechts und links Aktenschränke mit vielen Bündeln von Akten.

„Setzen sie sich", sagt der Kommissar trocken und deutet auf zwei einfache Holzstühle neben seinem Schreibtisch. Die Gastgeberin setzt sich, neben sie der Wachtmeister. Der Kommissar setzt sich an seinen Schreibtisch. Er holt einen Block hervor und einen Bleistift. Er sucht nach einem Anspitzer, findet ihn endlich und spitzt dann langsam den Stift an. Dabei schaut er auf die Gastgeberin. Die Gastgeberin schaut auf den Bleistift und wie die Spitzreste auf die Schreibtischunterlage fallen.

„Wie lange wollen sie mich hier noch festhalten?", fragt die Gastgeberin schließlich.

„So lange, bis sie alles gestehen", sagt der Kommissar und spitzt weiter seinen Bleistift.

„Es gibt nichts zu gestehen", entgegnet die Gastgeberin trocken.

„Oh, ich glaube da gibt es eine ganze Menge zu gestehen", sagt der Kommissar und legt seinen Bleistift beiseite. Der Bleistift rollt vom Block weck zur Tischkante. Kurz bevor er herunterfallen kann, stoppt der Kommissar den Stift mit dem ausgestreckten Zeigefinger und stupst ihn zurück zum Block in der Mitte des Schreibtisches.

„Also?", fragt er.

„Ich habe nichts gemacht, was gegen irgendein Gesetz verstoßen würde", sagt die Gastgeberin.

Der Kommissar deutet auf einen dicken Stapel Akten neben ihm: „Ich glaube wenn der Richter davon ein paar Seiten lesen wird, wird er das anders sehen."

Der Kommissar wartet auf eine Antwort. Die Gastgeberin schweigt. Der Kommissar holt tief Luft: „Also, wenn Sie nichts sagen wollen, dann fange ich einmal an; vielleicht am besten mit den ganz offensichtlichen Dingen. Während Sie in der Zelle gesessen haben, waren die Kollegen nämlich sehr fleißig."

Der Kommissar nimmt eine Akte vom Stapel: „Das hier zum Beispiel ist von unseren künstlerisch interessierten Kollegen. Die haben sich einmal in ihrer Villa die vielen hübschen Exponate angeschaut. Die waren sehr beeindruckt."

Die Gastgeberin schaut aus dem Fenster in den Hof. An ihrem Gesicht kann man nicht ablesen welche Gedanken ihr durch den Kopf gehen. Sie ist angespannt aber hinter der Anspannung liegt in ihrem Gesicht auch eine Mischung aus Frustration und Langeweile.

Der Kommissar spielt wieder mit dem Bleistift: "Ich lese ihnen einfach einmal etwas von dem vor, was die Kollegen da so alles gefunden haben."

Der Kommissar schlägt die Akte auf und blättert in den Unterlagen: „Die haben bei Ihnen einige lang vermisste alte Bekannte wieder gesehen."

„Das sind alles Kopien, das habe ich Ihnen doch schon gesagt", sagt die Gastgeberin, „halten Sie mich hier nur fest, weil ein paar Berliner Dorfpolizisten eine Kopie nicht von einem Original unterscheiden können?"

„Oh, langsam langsam, gnädige Frau", entgegnet der Kommissar, „ich werde Ihr charmantes Kompliment weitergeben. Der Hinweis mit den Kopien war übrigens gar nicht so schlecht. Das hat die Kollegen in Hamburg auf die Spur gebracht. Die hübsche junge Dame vor der Höhle im Wald, die in der Kunsthalle dort hängt, ist nämlich eine Kopie. Das Original, das wir bei Ihnen gefunden haben wurde noch gar nicht vermisst. Sehr clever. Aber erklären Sie mir mal, wie Sie das gemacht haben."

„Da gibt es nichts zu erklären, die haben keine Ahnung, fragen Sie doch meinen geschiedenen Mann", entgegnet die Gastgeberin schroff.

Der Kommissar lässt sich nicht vom aggressiven Ton der Gastgeberin irritieren.

„Und die Pariser Kollegen, die einen Rodin vermissen und nur eine leere Kiste im Magazin haben, die haben auch keine Ahnung?", fragt er.

„Ich weiß nichts von Paris. Ich war schon einige Jahre nicht mehr dort. Ich reise nicht mehr so häufig und leere Kisten gibt es viele auf der Welt."

„Das ist keine Erklärung, gnädige Frau."

„Ich schulde Ihnen auch keine", sagt die Gastgeberin, schweigt und schaut wieder aus dem Fenster. Der Kommissar blättert in den Akten. Eine ganze Weile passiert nichts.

„Sie haben nichts in der Hand", unterbricht die Gastgeberin die Stille, „nur Vermutungen und stümperhafte Gutachten, die Ihnen jeder Experte in Minuten in der Luft zerreißt. Mit Ihrem arroganten Gehabe wollen Sie mich nur unter Druck setzen. Lassen Sie mich endlich gehen. Ich werde mich über Sie beschweren." Die Gastgeberin ist ärgerlich erregt.

„Tun Sie das Gnädigste, tun sie das", sagt der Kommissar, „ich werde notieren, dass Sie nicht kooperieren wollen."

„Abführen", sagt der Kommissar dann zum Wachtmeister. Der Wachtmeister führt die Frau aus dem Büro.

Durch die zwischen den beiden benachbarten Büros befindliche Tür kommt ein junger Kommissar herein: „Na, wie sieht's aus, Chef? Hat sie etwas gestanden?"

„Nein, nichts", antwortet der Kommissar, „ich komm an die Frau einfach nicht ran. Die ist beinhart."

Der Kommissar legt die Akte wieder auf den Stapel.

„Und, wie sieht es bei Ihnen aus?", fragt er den jungen Kommissar, „erfolgreich?"

Der junge Kommissar schüttelt missmutig den Kopf: „Nichts Chef, gar nichts." Er holt aus seiner Brusttasche einen Notizblock: „Also was die Besucher angeht, da haben wir keine Chance. Alles honorige Damen und Herren. Sie sagen übereinstimmend aus, dass es sich immer um kleine private Gesellschaften gehandelt hat. Sehr exklusiv. Es gab sogar Vorträge über Kunst, öfter auch Hauskonzerte, bevorzugt Klaviermusik. Manchmal mit Gesang. Die Dame hat ja selber auch Klavierunterricht gegeben."

„Wohl mit einem scharf geführten Rohrstock", wirft der Kommissar etwas bissig ein.

„Ja, sicherlich, aber alles im Rahmen des Üblichen. Ich habe mit drei Klavierschülerinnen gesprochen, alle übrigens aus bestem Hause. Sie hat die jungen Damen auf die Prüfung für das Konservatorium vorbereitet. Immer mit Erfolg. Sie sei schon sehr streng gewesen, aber niemand hat sich beklagt. Ganz im Gegenteil. Sie hat einen sehr guten Ruf."

„Und die Bankkonten, geben die etwas her?", fragt der Kommissar.

„Nein, auch negativ. Sie hat das Vermögen, das ihr nach der Scheidung zugesprochen worden ist. Da ist sie aber kaum drangegangen. Die laufenden Kosten hat sie aus den Einnahmen für die Unterrichtsstunden gedeckt. Die Stunden wurden meist in bar bezahlt, es gibt Quittungen für die üblichen Honorare. Die Bücher sind alle ordentlich geführt und unverdächtig. Ich habe selten ein so sauber geführtes Haushaltsbuch gesehen. Was da nebenbei gelaufen ist, kann man natürlich nicht nachweisen."

„Aber da ist was nebenbei gelaufen, da bin ich mir sicher. Und bestimmt nicht normaler Klavierunterricht."

„Wir müssen das nur nachweisen, und das können wir nicht, solange keiner der Beteiligten aussagt."

„Allerdings."

„Selbst der Mann, den wir halb verhungert und angekettet im Turmzimmer gefunden haben, will ja nicht aussagen."

„Ja, ja, von dem ist nichts zu erwarten. Da müssen Sie nur einen kurzen Blick in seine Tagebücher werfen und Sie wissen Bescheid."

Der Kommissar geht im Büro auf und ab. Dann setzt er sich an seinen Schreibtisch, nimmt den Block und schlägt eine neue Seite auf: „So, wir haben jetzt genau noch einen Tag. Wenn wir dann nichts finden, müssen wir sie freilassen. Der Polizeipräsident macht jetzt schon ordentlich Druck. Also: Wir schauen mal was wir alles haben. Vielleicht haben wir ja irgendetwas übersehen, irgendeine Kleinigkeit."

„Okay, Chef", meint der junge Kommissar.

„Also: Erst einmal die Sache mit den Kunstwerken. Die fehlen in den Musen und sind bei ihr in der Villa. Eigentlich eine klare Sache. Da müssten wir ihr nur nachweisen, dass sie davon gewusst hat oder, dass sie selbst die Sachen ausgetauscht oder gestohlen hat. Wenn sie sagt, dass das ihr Mann veranlasst hat, als sie noch verheiratet waren, dann können wir da gar nichts machen. Ihr Mann, ich hab das mal überprüfen lassen, ist nach Chile. Der ist direkt nach der Scheidung ausgewandert, hat sich da ein großes Anwesen gekauf. Bis wir von dem eine Aussage haben, ist sie über alle Berge und außerdem wird er sie nicht belasten, denn dann würde er sich ja selbst auch belasten. Schließlich war er als Direktor der Museen ja für die Kunstwerke zuständig."

„Ja, dann sieht das ja wohl so aus, als würde es nichts mit der Kunstgeschichte."

„Ja, leider. — Zweiter Punkt: Die Ausstattung des Kabinetts. Die Riemen und Peitschen und die Kleidung aus Latexgummi. Das ist auch eindeutig. Aber das ist eine Sache für die Kollegen von der Sitte. Wenn keiner der Kunden aussagt, und wir keinem Kunden nachweisen können, dass er sie wegen dieser Sachen besucht hat, dann wird sie sich da auch irgendwie herausreden können. Dann ist das nur ein kleiner Sittlichkeitsdelikt, vielleicht nicht einmal das, und es ist halt die Frage, wie lange sie dafür bekommt. Eine Geldstrafe zahlt die mit Links. Und wenn es doch Gefängnis sein sollte, dann ist die, bei den Kontakten, die die hat, schneller aus dem Gefängnis heraus als wir hier unsere Berichte tippen."

„Wir brauchen jemanden der aussagt, ansonsten kommen wir nicht weiter."

„Oder wir finden noch ein eindeutiges Beweisstück. Da muss irgendetwas sein. Soviel gestohlene Kunst und keine Spuren, das geht doch nicht."

Der Kommissar steht auf und geht wieder umher. Er spielt mit dem Bleistift in der Hand. Er spricht langsam, mehr zu sich selbst als zu dem zuhörenden jungen Kommissar: „Als ich sie eben auf den Rodin angesprochen habe und auf die leere Kiste im Museum in Paris, und sie darauf meinte, es gäbe viele leeren Kisten, da war ihr Blick irgendwie komisch. Das ist nur so ein Gefühl, aber ich bin mir sicher, dass da noch etwas ist. Mein Instinkt sagt mir, dass die noch eine richtig dicke Leiche im Keller hat. Da ist noch etwas. Mindestens so etwas in der Qualität von dem Rodin. Etwas, was sie nicht in der Wohnung offen stehen hatte, weil es zu bekannt war und ihr keiner die Geschichte mit der Kopie glauben würde. Die Frau hat ja einen exklusiven Geschmack. Vielleicht sind hinter einer doppelten Tür noch ganz andere Sachen versteckt."

„Die Mona Lisa zum Beispiel?", meint der junge Kommissar scherzhaft.

„Ach nein" entgegnet der Kommissar, „aber vielleicht hat sie ja auch nur irgendwo die Kisten versteckt, mit denen die gestohlen Kunstwerke transportiert wurden. Vielleicht klebt daran ja ein Transportzettel, der belegt, woher die Sachen kommen, wer den Transport gemacht hat und vor allen Dingen wann. Ein Transportzettel mit einem Datum, einem Datum deutlich nach ihrer Scheidung. Das wär's. Und dann hätten wir einen Zeugen der aussagt. Ein kleiner Spediteur ist nicht Teil ihres Clans."

Der Kommissar schaut aus dem Fenster. Er haucht die Scheibe an und malt mit dem Finger in die kondensierte Atemluft einen Kreis: „Und die Fälschungen, oder, wie sie es sagt, die Kopien, kommen ja auch irgendwo her. Das kann doch alles nicht völlig ohne Spuren gelaufen sein. Ich möchte an die Hintermänner ran. So eine Chance bekommen wir so schnell nicht wieder. Wir durchsuchen die Villa noch einmal gründlich. Morgen kommen wir da nicht mehr rein."

Eis

In der Villa. Der Kommissar geht in der Eingangshalle unruhig vor der großen Treppe hin und her. Der junge Kommissar sitzt auf einem Stuhl. Eine ganze Schar von Polizisten durchsucht jeden Winkel des Hauses. Sie öffnen Schubladen, nehmen Bilder von der Wand und schauen die Rahmen von hinten an. Sie klopfen die Wände nach verdeckten Türen ab.

„Immer noch nichts", sagt der Kommissar.

„Nichts Chef", antwortet der junge Kommissar.

„Viel Zeit haben wir nicht mehr. Wenn wir nicht bald etwas finden, habe ich morgen ein sehr unangenehmes Gespräch mit dem Polizeipräsidenten vor mir."

„Wird schon nicht so schlimm. Die Kollegen sind ja vorsichtig. Sie machen doch nichts kaputt."

„Das will ich mal hoffen."

In diesem Moment hört man aus der Küche das Geräusch eines großen Steingutgefäßes, dass krachend auf den Boden fällt. Danach fallen noch eine ganze Reihe kleinerer Gefäße auf den Boden.

„Oder doch?", sagt der junge Kommissar. Beide Kommissare gehen in die Küche. Ein Wachtmeister steht an der Tür zu Speisekammer in einem Haufen Sauerkraut und Scherben.

„Ich wollte nur die kleine Tür hier neben dem Regal aufschieben, da ist das ganze Zeug heruntergefallen. Ich habe nicht gesehen, dass da hinten noch was versteckt stand", entschuldigt er sich.

„Na dann mal viel Spaß beim aufwischen", sagt der Kommissar und nimmt mit spitzem Finger etwas von dem Sauerkraut. Er riecht daran: „Das ist aber schon lange nicht mehr gut."

„Was für eine Tür ist das denn", fragt der junge Kommissar.

Sie schieben das Regal beiseite und öffnen die Tür ganz. Eine kleine Treppe führt in einen Keller.

„Licht", sagt der Kommissar. Ein Wachtmeister reicht ihm eine Lampe.

Die beiden Kommissare gehen in den Keller der Speisekammer.

„Huch ist das kalt hier", sagt der junge Kommissar.

„Das ist wohl der Eiskeller", sagt der Kommissar und schaut sich um, „hier ist nichts."

Der Kommissar leuchtet mit seiner Lampe auf ein Regal. Dort sind eine ganze Menge Bierflaschen.

„Sie können sich ein Bier nehmen", meint der Kommissar mit einem bemühten Grinsen.

„Nicht im Dienst", antwortet der junge Kommissar.

„Ist wahrscheinlich auch schon lange schlecht", meint der Kommissar.

Die Bierflaschen auf dem Regal liegen aufeinander, gestapelt wie Champagner. Der Kommissar nimmt eine Flasche in die Hand und versucht das Etikett zu lesen. Durch das herausziehen der Flasche kommt der Stapel in Bewegung und saust mit Getöse auf den gestampften Lehmfußboden des Kellers.

Ein Wachtmeister kommt in den Keller. Er findet den Lichtschalter. Jetzt sieht man die ganze Bescherung.

„So, dann haben wir noch mehr Scherben, dann hat es sich wenigstens gelohnt", sagt der Kommissar. Er versucht seine Enttäuschung zu verbergen.

„Schauen sie mal da Chef", sagt der junge Kommissar plötzlich. Er hat hinter dem Regal eine Kiste entdeckt: „Wenn das nicht die Transportkiste von dem Rodin ist."

Schnitt.

In der Eingangshalle der Villa. Die Transportkiste wird von sechs starken Wachtmeistern ächzend in die Mitte der Halle gestellt.

„Huch ist die schwer", sagt einer der Wachtmeister.

„Wahrscheinlich massive Bronze, da brauchen wir ein extra starkes Fuhrwerk", meint ein anderer.

Die Transportkiste ist sehr verschmutzt aber ansonsten gut erhalten. Sie steht jetzt in der Mitte der Halle. Darum herum die beiden Kommissare und eine Reihe von Wachtmeistern. Die beiden Kommissare begutachten die Kiste sorgfältig.

„Hier, die kommt aus Italien", sagt der junge Kommissar und zeigt auf ein Etikett, „und da ist auch eine Inventarnummer. Das ist eine Museumskiste."

„Vielleicht haben wir ja Michelangelos David gefunden", meint der junge Kommissar scherzhaft.

„Sie meinen, hier ist das Original drin, und als ich letztes Jahr in Florenz war, habe ich nur eine Kopie bewundert?" Der Kommissar lacht: „Das würde so zur Herrin dieses Hauses passen. Dann hätten wir sie aber wirklich am Wickel."

Der Kommissar geht noch einmal um die Kiste herum und begutachtet sie von allen Seiten: „Wir machen die hier auf. Ich will wissen was da drin ist."

Er schaut zum jungen Kommissar und sagt dann zu den Wachtmeistern: „Machen Sie sie auf."

Zwei Wachtmeister öffnen die vernagelte Kiste mit einem Brecheisen und schrecken zurück. Die Kamera zeigt das Innere der Kiste: Man sieht die in Formalin eingelegte Leiche eines Mannes.

„Da haben Sie ja die Leiche, nach der Sie gesucht haben", sagt der junge Kommissar mit kaum verhohlenem Sarkasmus.

„So war das gar nicht gemeint", entgegnet der Kommissar nachdenklich. Er geht um die Kiste herum. „Sehr professionell, die Konservierung. Das sieht nach einem Spezialisten aus", meint er. Er wendet sich an den Wachtmeister, der neben ihm steht: „Dann holen Sie mal die Kollegen von der Mordkommission. Die werden sich freuen." Der Wachtmeister geht ab.

„Zumindest haben wir sie jetzt richtig am Wickel", meint der junge Kommissar.

„Allerdings", antwortet der Kommissar, „da redet die sich nicht mehr raus."

Abblenden.

Geständnis

Man hört Sergej Prokofjews Tanz der Ritter aus Romeo und Julia. Schlagzeilen der Deutschen Presse laufen groß durch das Bild.

„Ermordeter Gatte lag jahrelang im Eiskeller der Berliner Direktorenvilla"

„Tegeler-Villa: Gestohlene Kunstwerke und ein erdrosselter Ehemann"

„Museumsdirektor wurde Opfer der dunklen Lust seiner Frau"

„Perverses Sadisten-Spiel oder kaltblütiger Mord?"

„Sie sagt: Ich bin keine Mörderin."

„Staatsanwaltschaft fordert die Höchststrafe für die sadistische Gouvernante"

„Verteidigung der Berliner Sadistin bemängelt Beweisführung der Staatsanwaltschaft."

„Eine Frau von Welt oder sadistische Mörderin?"

Die Schlagzeilen kommen zum stehen. Man sieht die Überschrift eines Artikels. Die Kamera folgt dem Auge, das den Artikel ließt.

Schlagzeile: „Berliner Sadistinnen Prozess: Nur zwei Jahre Haft."

Untertitel der Schlagzeile: „Mildes Urteil überrascht die Öffentlichkeit. Gericht: Die meisten Taten nicht zweifelsfrei der Angeklagten zuzuordnen."

Man sieht, wie ein Finger einer älteren weiblichen Hand an der Schriftzeile entlangfährt, sehr schnell, so als sei der Text schon oft gelesen worden und nur eine bestimmte Stelle werde gesucht.

Text: „Ihre Villa war bis unter das Dach mit gestohlenen Kunstwerken gefüllt. In ihrem Salon hingen Peitschen und Stöcke für sadistische Spiele und Berliner Masochisten trafen sich bei ihr um entkleidet und gefesselt ihre Perversion auszuleben. So stand es in der Boulevardpresse und eigentlich glaubt auch ganz Berlin, dass es so war."

Der Finger scheint die Stelle gefunden zu haben. Er wird langsamer. „Doch das Gericht hat das in seinem Urteil jetzt anders gesehen."

Der lesende Finger bleibt stehen und fährt die Zeile noch einmal entlang: „Doch das Gericht hat das in seinem Urteil jetzt anders gesehen." Der Finger fährt etwas schneller, aber so, dass man gut mitlesen kann den Text entlang: „Die Staatsanwaltschaft, so das Gericht, habe nicht mit der notwendigen Sicherheit nachweisen können, dass es wirklich die geschiedene Gattin des bekannten Berliner Museumsdirektors war, die Kopien berühmter Kunstwerke erstellen ließ, um diese dann in den Museen gegen die Originale auszutauschen. Es sei nicht auszuschließen, dass dies ohne ihr Wissen und Zutun von ihrem Mann alleine gemacht worden sei, stellte das Gericht fest."

Der Finger wechselt in die nächste Spalte des Artikels, wird hier aber offensichtlich nicht fündig und wechselt noch eine Spalte weiter: „Die perversen masochistischen Neigungen des Museumsdirektors waren ein offenes Geheimnis. Deshalb glaubt das Gericht der Angeklagten, dass es ein Unfall war, bei dem der geschiedene Ehemann ums Leben kam."

Der Finger geht immer wieder zu dem Wort „Unfall". Dann geht der Finger zum letzten Absatz des Artikels: „Die moralische Empörung über das milde Urteil ist zu verstehen. Die massive Richterschelte der Boulevardpresse aber ist unangebracht. Aus moralischer Sicht ist dieses Urteil ärgerlich, aber rein juristisch betrachtet ist es korrekt denn es gilt der Grundsatz: Im Zweifel für den Angeklagten. Das muss auch in diesem Fall gelten. Und: Die Angeklagte hat immer ihre Unschuld beteuert. Das Gegenteil konnte Ihr niemand nachweisen."

Die Kamera fährt etwas zurück. Man sieht, das der Zeitungsartikel in einem Sammelalbum eingeklebt ist. Das Album wird zusammengeklappt. Die Kamera zeigt die Hand, die das Album hält. Weiche Überblendung in das nächste Bild. Die Hand in derselben Position, nur mit einem feinen Lederhandschuh bekleidet und, statt des Sammelalbums, das Lenkrad eines VW-Käfer haltend. Die Kamera fährt noch etwas zurück. Man sieht die Frau, dreißig Jahre älter, am Lenkrad des VW-Käfers mit Brezelfenster sitzen. Der Wagen ist knall-rot, sie fährt über eine gerade neu gebaute Autobahn.

Schnitt.

Ankunft des roten VW-Käfer vor der Villa. Dieselbe Einstellung wie am Anfang des Films. Ein Teil der Villa ist durch einen Bombeneinschlag zerstört, ein Geschoss mit Holzbalken notdürftig abgestützt. Der Eingangsbereich ist noch intakt, aber mit Brettern vernagelt. Die Frau fährt vor den Eingang. Sie steigt aus dem Wagen. Sie trägt ein elegantes dunkelblaues Kostüm und eine schicke feine Lederhandtasche. Sie geht um den noch intak-

ten Teil der Villa herum, nach hinten zum Dienstboten-
trakt. Vor dem Dienstboteneingang sitzt die Gastgeberin
in einem Schaukelstuhl und ließt. Die Frau beobachtet
die Gastgeberin eine Weile. Dann geht sie langsam über
den Rasen zu ihr.

Die Gastgeberin bemerkt die Frau.

„Da bist du", sagt sie.

Die Gastgeberin steht auf. Einen Augenblick zögern die
beiden Frauen, dann umarmen sie sich. Die Kamera geht
langsam auf die beiden Frauen zu, dann auf das Gesicht
der Gastgeberin, schließlich auf ihr rechtes Auge. Eine
Träne rinnt aus dem Auge.

Weiches Überblenden in die nächste Szene.

Die beiden Frauen sitzen auf der Bank hinter der Villa.

„Nach all den Jahren bist du endlich doch noch gekommen", sagt die Gastgeberin. Sie hält die Hand der Frau.

„Ja", sagt die Frau, „endlich."

Die beiden Frauen schauen eine Weile in den Park.

„Ich habe nie geglaubt, was die Zeitungen über dich
geschrieben haben", sagt die Frau. Die Gastgeberin atmet
tief ein und aus. Wieder schweigen beiden Frauen. Die
Sonne scheint mild.

„Es ist kein Verbrechen, wenn man seine Lust lebt",
sagt die Frau. „Ich habe in jedem Mann, immer nur Dich
gesucht. Ich habe mich dagegen gewehrt eine Frau zu lie-
ben, weil die Konvention es verbietet. Aber ich liebe nur
dich."

Die Gastgeberin lächelt: „Wenn ich nicht gewusst hätte,
dass es so ist, ich hätte nicht weiterleben können, all die
Jahre."

Die beiden Frauen umarmen sich. Sie stehen dabei
langsam auf damit sich ihre Körper ganz berühren kön-

nen. Die Kamera entfernt sich etwas von den beiden sich umarmenden Frauen und beschreibt sehr langsam einen Halbkreis. Man sieht wie die Hand der Gastgeberin über den Rücken der Frau gleiten, hinunter bis zu ihrem Po.

„Du hast immer noch einen schönen festen Popo", sagt die Gastgeberin.

„Gibt's du mir heute Abend den Stock", fragt die Frau sanft.

„Wenn du es brauchst", sagt die Gastgeberin. Ihre Stimme klingt zärtlich und auch ein kleines bisschen nachdenklich.

„Ja", sagt die Frau, „ich liebe dich."

Musik: Chopin Nocturne. Langsames abblenden.

Abspann.

Anhang

Bonustrack

Auf der DVD befinden sich als Zusatzmaterial Interviews mit den Hauptdarstellern und dem Regisseur.

Track eins

Interview mit der Hauptdarstellerin:
Nikol Kindchenmann

Nikol Kindchenmann, die Darstellerin der Frau, sitzt in einer modischen Jeans und einem bunten Strickpullover auf einem schwarzen Ledersofa vor einem schlichten Vorhang. Sie hat die Beine überschlagen und sich entspannt zurückgelehnt. Vom Interviewer hört man nur die Stimme.

Interviewer: Sie haben in einem Interview mit der Washington Post gesagt, dass das ihr schwierigster Film war, die bisher größte Herausforderung. Was haben Sie damit gemeint?

Nikol: Nun ja, das war vielleicht ein bisschen übertrieben. *(Sie lächelt entschuldigend.)* Wobei eigentlich stimmt das schon. Es war wirklich eine große Herausforderung. Ich hatte ja schon vorher einen Film mit Stan gemacht und deshalb wusste ich, wie er arbeitet, und deshalb habe ich, als er anrief und fragte, ob ich Lust hätte einen neuen Film mit ihm zu machen, auch gleich ja gesagt.

Interviewer: Sie haben direkt ja gesagt? Hatten Sie vorher das Drehbuch gesehen?

Nikol: Nein, ich glaube das gab es so noch gar nicht zu der Zeit. Es gab ja den Roman, der auf Tagebucheintragungen beruhte und den Stan in Deutschland gefunden hatte. Und er hat mir davon erzählt. Das war einfach eine sehr spannende Geschichte, ich meine wie er an den Text gekommen ist und das alles. Das Buch war ja, noch bevor es erscheinen konnte, schon verboten, und es gibt nur einige Belegexemplare, die direkt an einige Bibliotheken gegangen sind, aber das Buch ist zum Beispiel nie in einer Buchhandlung gewesen. Und das hat er mir alles erzählt und ich fand das spannend und deshalb habe ich zugesagt. Ich wusste da schon, dass es um eine Mann-Frau-Geschichte gehen sollte und das es in Deutschland spielte in den 1920er Jahren. Und ich wusste auch, dass es um eine außergewöhnliche Geschichte ging und eben auch um besondere sexuelle Vorlieben. Ich glaube Stan hat das dann aber nicht so klar gesagt, und, wenn ich mich recht erinnere, fand ich das damals auch nicht so wichtig. Es war interessant und deshalb war es okay für mich. Ich hatte Lust auf etwas Neues und wenn Stan ein neues Projekt macht, dann kann man sicher sein, dass er es gut macht und das wusste ich und da ist es einfach toll wenn man dabei sein kann.

Interviewer: Das hört sich jetzt alles so einfach und harmonisch an. Ich habe aber auch gelesen, ich weiß nicht mehr genau wo, aber ich glaube es war sogar in der Sun, dass es auch Spannungen gegeben hat.

Nikol: Ja, das war aber viel später und das hatte auch eigentlich nichts mit dem Stoff oder dem Drehbuch zu tun.

Interviewer: Womit hatte es zu tun?

Nikol: Es ging um Absprachen, wer was machen sollte. *(Sie hustet.)* Das ist eigentlich ganz normal. Also als ich das Drehbuch gesehen habe, da war mir schon klar, also bei einigen Szenen, dass ich das vielleicht nicht so spielen wollte. Aber das ist ja eigentlich kein Problem. Man spricht darüber in der Branche ja nicht so gerne. Und mir ist es wichtig, dass ich alles immer selbst mache. Es gibt dann aber Szenen, die darf man einfach nicht selbst machen, weil das zu gefährlich ist, auch von der Versicherung zum Beispiel gibt es da sonst ein Problem.

Interviewer: Sie meinen die Stunts?

Nikol: Ja, wobei das ja bei diesem Film gar nicht das war, worum es ging. Und gerade für meine Rolle ging es, bis auf eine Szene, ja erst einmal gar nicht so um mich sondern vor allem um das was Tom machen sollte.

Interviewer: Der den Mann gespielt hat.

Nikol: Ja. Für mich war eher die Frage will ich das mit ihm machen. Und da musste ich natürlich wissen ob er das wollte. Und das war nicht so klar. Ich glaube am wenigsten ihm. Wobei ich sagen muss – da ist ja viel drüber geredet worden –, Stan hat das immer ganz klar gesagt. Also wir wussten immer worum es ging, wenn wir am Set waren. Da gab es keine Überraschungen. Und die meisten Szenen, da sind ja wunderschön erotische Bilder entstanden, die habe ich auch selbst gedreht. Da bin ich auch stolz drauf. Und wenn ich dann lese, dass das gar nicht mein Bauchnabel ist, den man da sieht, zum Beispiel, wenn ich da auf dem Sofa liege und verführt werde, und da die Bändchen an der Seidenunterwäsche eines nach dem anderen geöffnet werden, also wenn man sagt, dass das ein Double gemacht hat, dann verletzt mich das schon.

Interviewer: Also Sie haben auch bei den intimen Szenen alles selbst gedreht.

Nikol: Ja. Ich will Ihnen mal was zeigen. *(Sie zieht ihren Pullover hoch und zeigt kurz ihren Bauchnabel.)* So, das ist der Echte. Da brauche ich doch gar nichts zu verstecken.

Interviewer: Sehr schön. Dann haben wir das mit dem Bauchnabel ja schon einmal geklärt. Wie ist das mit den härteren Szenen. Haben Sie das auch immer selbst gedreht? — Sie müssen mir jetzt nicht Ihren Po zeigen.

Nikol (scherzhaft): Oh, das können wir auch machen. *(Sie lächelt, tut kurz so, als wolle sie aufstehen, bleibt dann aber sitzen und wird wieder ernst.)* Nun im Prinzip habe ich auch alle diese Szenen selbst gemacht. Wie gesagt, das war mir auch wichtig. Es war ja auch ein Experiment für mich, dieser Film, also jeder Film ist auch ein Experiment für mich, sonst ist er nicht spannend und dann brauche ich ihn nicht zu machen, es ging ja gerade darum auch die Erfahrung zu machen, wie das ist. Also deshalb praktisch alles selbst gemacht. Nur eben wenn es wirklich dann an die ganz extremen Sachen ging, da hat das dann doch jemand gemacht, der da mehr Erfahrung hat bei dieser Sorte von Sex. *(Sie holt Luft.)* Also ich will das mal ganz klar sagen: Ich kann gut mit einer Peitsche umgehen, und das habe ich auch gemacht, in dem Film. Das ist ja kein Problem. Ich habe ja auch schon in anderen Filmen und zum Beispiel auch in dem Video, dass ich mit Bobby Hilliams gedreht habe und das sehr lange überall gelaufen ist, also wirklich erfolgreich war, da gibt es ja auch eine Szene wo ich ihm die Peitsche gebe. Und deshalb, das ist wirklich kein Problem. Das ist ja wirklich schon Mainstream.

Interviewer: Nun so Mainstream ist das aber nicht, was Sie da in dem Film gemacht haben.

Nikol: Ja das stimmt schon. In einem Musik-Video würde man so etwas wohl nicht zeigen, zumindest damals, das hat sich ja heute auch schon verändert. Aber wenn das in eine Geschichte eingebunden ist, ich finde das muss dann auch sein, sonst versteht man ja die ganze Story nicht. Wie soll man den zum Beispiel verstehen, dass dieser Mann ab und zu etwas um die Ohren braucht und dass ihn das erregt, wenn man nicht auch die Szenen zeigt, wo er die Ohrfeigen bekommt. Also das finde ich doch wichtig.

Interviewer: Das ist die aktive Rolle. Das hätte ich Ihnen auch zugetraut bevor ich diesen Film gesehen habe. Nicht jedes Detail vielleicht, aber Sie spielen ja oft emanzipierte Frauen.

Nikol (unterbricht ihn): Oder auch Frauen die um ihre Emanzipation kämpfen und auch scheitern, so wie sie das bei Henry James sehen. Das habe ich ja auch gespielt. Also eine starke Frau kann auch schwach sein.

Interviewer: Ja, aber wie ist es mit der wirklich passiven Rolle. Das hätte ich so nicht gedacht, bei Ihnen. Es gibt da im Film ja eine interessante Wendung, wo Sie dann wirklich ganz in die passive Rolle schlüpfen und das vermutet man da zunächst gar nicht, das ist ja wirklich sehr gut gemacht, also überraschend finde ich. Als ich das das erste Mal gesehen habe, war ich wirklich überrascht und das haben Sie auch alles selbst gedreht?

Nikol: Sie meinen die Szene in diesem Raum, der im Film „Kabinett" heißt und in dem es einen Vorhang gibt, und das finde ich ja wirklich spannend, so als Motiv: Da ist etwas im Raum, und man sieht es nicht, weil es hinter dem Vorhang ist, aber man spürt schon, dass da etwas ist, das noch kommen wird, oder vielleicht sogar kommen muss und dann wird der Vorhang beiseite gezogen und dann weiß man schon was kommt und dann kommt aber doch noch eine ganz andere Überraschung, dazu …

Interviewer (unterbricht sie): Sie meinen die Sache mit der versteckten Klappe und dem beobachtenden Auge von dem man nie so weiß wem es wirklich gehört.

Nikol: Ja, genau. Das ist doch alles sehr gut erzählt und das ist dann absolut gerechtfertigt, das dann auch zu zeigen.

Interviewer: Gut, das verstehe ich. Aber trotzdem noch einmal zurück zu meiner Ausgangsfrage: Sie in den passiven Szenen. Da wurde ja viel spekuliert wie Sie das gemacht haben.

Nikol: Ich merke schon, Sie lassen nicht locker. Ja, warum soll ich das nicht sagen. Wenn ich über den Bock geschnallt werde, das habe ich alles selbst gemacht. Und auch die Szenen davor. Nacktheit ist kein Problem für mich im Film, wenn es passt und das Drehbuch es fordert, dann mache ich das immer. Es ist ja alles sehr ästhetisch gedreht. Da lege ich schon Wert drauf.

Interviewer: Also wenn Sie über den Bock geschnallt werden, dann sehen wir Sie und wenn Sie da liegen und auf den Stock warten, dann sehen wir wirklich ihren Po und nicht den von einem Körper-Double? Die Kamera geht da ja wirklich sehr nah dran.

Nikol: Ja, genau. Und dann gibt es ja einen Schnitt und dann kommt die Szene wo der Stock auf dem Po saust und das hat dann jemand anders gemacht. Ich glaube man sieht es gar nicht, das es dann das Körperdouble ist, dass da die Schläge bekommt. Also diese Szene wollte ich dann doch nicht selbst drehen. Die meisten Szenen müssen ja auch mehrfach wiederholt werden, und dann geht das ja gar nicht, weil dann beim zweiten oder dritten Versuch, ja schon die Striemen auf dem Po sind. Und das hat dann auch immer ein anderes Double gedreht, ansonsten geht das ja nicht. Das waren glaube ich meist Studentinnen, die sich etwas dazu verdient haben. Und dann bin ich schon stolz darauf, das mein Po immer noch so stramm ist wie der von einer Studentin. Also so kann man das ja auch einmal sehen. *(Sie macht eine kleine Pause.)* Trotzdem, ich habe das schon einmal ausprobiert, allerdings ohne Kamera, weil ich schon wissen wollte, wie so ein Lederstock wirkt. Aber ich wusste ja nicht wie ich darauf reagieren würde und das am Set zu machen war mir dann einfach zu gefährlich. Das ist ja eine sehr konzentrierte und professionelle Atmosphäre und da kann man ja auch nicht aus de Rolle fallen.

Interviewer: Sie waren ja zu der Zeit noch mit Tom verheiratet.

*Nikol*e: Ja.

Interviewer: Und hat, dass Sie diesen Film gemacht haben, irgendwelche Auswirkungen auf Ihre Beziehung gehabt?

Nikole: Eigentlich nicht, also so was die grundsätzlichen Sachen angeht, da war eigentlich alles okay. Wir hatten schon einmal, auch damals schon, Spannungen, aber da ging es um nichts was mit dem Film zu tun hatte. Also was den Film angeht, da hatte er mit einigen Szenen Schwierigkeiten und da haben wir drüber gesprochen. Zum Beispiel die Sache mit dem Wachstuch. Wenn er seine Alpträume hat, in dem Film, dann schwitzt der Mann ja sehr, und da bezieht die Bedienstete das Bett mit englischem Wachstuch. Und diese Stelle war für Tom einfach ein Problem. Tom ist ja in einem sehr strengen Haushalt aufgewachsen. Gerade seine Mutter war sehr streng. Und wenn sie ihm den Po ausgehauen hat, dann hat sie das immer in der Küche gemacht. Er musste sich ausziehen und dann wurde er über den Küchentisch gelegt und über dem Küchentisch lag immer eine Wachstuchdecke. Und von daher war das für Tom einfach schwierig, sich in ein Bett zu legen, das mit Wachstuch bezogen war, einfach weil er da diese Erinnerungen dran hatte. Schon der Geruch machte das alles wieder lebendig bei ihm. Also, wir hatten zu Hause auch einen Küchentisch mit einer Wachstuchdecke, aber da standen immer Blumen drauf, in einer Schale und von daher habe ich da gar keine unangenehmen Assoziationen.

Interviewer: Und was haben Sie dann gemacht?

Nikole: Also ich habe da mit Stan drüber gesprochen, es ging ihn ja auch etwas an, irgendwie mussten wir ihm ja erklären, warum Tom diese Szene nicht drehen wollte. Und die Lösung von Stan war ganz einfach:

„Bezieh ihm doch sein Bett zuhause mit Wachstuch. Dann gewöhnt er sich dran. Mach es einfach", hat er gesagt. Ich konnte mir das zunächst nicht vorstellen, aber ich habe mit Tom darüber gesprochen. Er wollte das natürlich nicht, aber ich wollte, dass der Film fertig wird und ich mag es nicht, wenn jemand kneift, und deshalb habe ich von ihm verlangt es zu machen. Ich habe einfach darauf bestanden. Die erste Nacht habe ich ihn im Bett angebunden und nach einigen Nächten hat er sich daran gewöhnt. Es war gar nicht so schlimm. Ich glaube er schläft jetzt immer noch in einem Bett, das mit diesem englischen Wachstuch bezogen ist. Aber da müssen sie ihn selber fragen. Ich will da keine Gerüchte in die Welt setzen.

Interviewer: Apropos Gerüchte. Einige Monate nach dem Film haben sie und Tom sich ja getrennt. Er hat in einem Interview mit dem NewYorker gesagt, dass er es nicht ertragen konnte, wie sie mit einer Frau so intensiven Sex gehabt haben.

Nikol (unterbricht ihn): Das ist alles Quatsch und da soll man nichts von dem glauben, was Tom darüber sagt. Ich sage gar nichts mehr dazu. Er hat ja diese Szene mit der schweren Peitsche in der Küche gedreht, mit dieser Barbara Schäbighügel, das war ja die deutsche Schauspielerin, die Stan engagiert hatte um die Gastgeberin zu spielen. Und ich hatte mit ihr ein paar wirklich gute Szenen, und es hat auch Spaß gemacht. Aber deshalb bin ich nicht lesbisch oder so, obwohl ich natürlich nichts dagegen habe wenn jemand lesbisch ist, also da muss man tolerant sein.

Aber ich bin eben eine Schauspielerin und da kann ich so etwas spielen und es wirkt auch überzeugend, aber darum bin ich doch nicht automatisch lesbisch. Das ist doch Quatsch. Larry Hagman ist ja auch kein Ölbaron, nur weil er J. A. gespielt hat. *(Sie macht ein kleine Pause.)* Also: Tom, warum soll ich das nicht sagen, der hat schon am Set, auch wenn ich das erst viel später erfahren habe, etwas mit dieser Barbara gehabt. Wie gesagt, das hatte etwas mit dieser Szene in der Küche zu tun. Ich hatte da schon so eine Ahnung, aber ich wollte das einfach nicht glauben. Er kommt da ja aus dem Schlafzimmer, nur mit Unterhose bekleidet und schleicht durch das Haus. Er wird dann von der Gastgeberin beobachtet und sie macht ihn, als er schon wieder in sein Zimmer zurück schleichen will, für das zerbrochene Porzellan in der Küche verantwortlich. Eigentlich hat das die Bedienstete zerbrochen als sie sich mit dem Kutscher vergnügt hat, aber das weiß die Gastgeberin nicht. Sie hält den Mann für schuldig. Sie meint er habe die Bedienstete erschreckt und dann sei die Schüssel heruntergefallen. Sie lässt ihn dann in der Küche an einem Eisenring festbinden und gibt ihm die schwere Peitsche. Tom wollte das unbedingt selbst machen, aber Stan war nie zufrieden mit seinem Gesichtsausdruck. Es gibt ja ein paar Einstellungen wo man nur das Gesicht von Tom sieht und Tom hat es einfach nicht hingekriegt so zu schauen, dass man glaubte er werde gerade mit einer wirklich kräftigen Peitsche ausgepeitscht. Stan wollte schon auf die Szene verzichten, da hat Tom dann gesagt, man solle es richtig machen, solange bis der Schmerzeindruck im Gesicht echt ist. Barbara hat Stan etwas seltsam angeschaut, weil das macht man natürlich nicht beim Film, bei einer solchen Szene. Aber Stan hat genickt und dann hat sie es gemacht. Ich bin dann aus dem Studio gegangen, weil das konnte ich mir nicht ansehen. Also, da habe ich gemerkt, dass Tom einfach kein Schauspieler ist. Sie hat ihn wirklich solange gepeitscht, bis er kurz vor der Ohnmacht war. Ich habe Tom dann erst eine Woche später wieder gesehen, weil ich noch nach Hawaii musste, für einen anderen Film, und in der Zeit hat er es mit dieser deutschen Barbara gemacht. Es hat ihn erregt von ihr die Peitsche zu bekommen, auch diese Sache mit den hohen Stiefeln und alles so diese Klischees, da ist er voll drauf abgefahren. Als ich das dann kurz nach Beendigung der Dreharbeiten erfahren habe, da hab ich ihn rausgeworfen. So war das. Alles andere was er dazu verbreitet oder von seinen Leuten verbreiten lässt sind Lügen!

Interviewer: Ich merke, dass das für Sie immer noch sehr emotional ist, wenn Sie darüber sprechen. Ich würde gerne noch einmal zurück zum Film.

Nikol: Ja, gerne.

Interviewer: Sie haben ja die meisten Szenen in Deutschland gedreht, wie war das für Sie und ist der Film für Sie deshalb ein deutscher Film, so von seinem Charakter meine ich, oder ist es doch eine internationale Produktion?

Nikol: Ja, ich finde schon, dass es ein deutscher Film ist, also vom Thema auf jeden Fall. Der Roman, — es ist schon ein Roman und damit Fiktion —, also der Roman, der dem Drehbuch zugrunde liegt, basiert ja auf Tagebucheintragungen. Und das ist schon sehr die Situation in Deutschland, vielleicht auch Europa. Mir fällt es immer schwer das zu unterscheiden. Aber speziell diese Erziehungsphantasienen, das finde ich schon sehr deutsch. Ich hatte in Australien eine Zeit lang, eigentlich nur ein halbes Jahr, eine Lehrerin die aus Deutschland kam. Und sie hat mich abgehört und wenn meine Mutter ihr es nicht untersagt hätte, dann hätte die auch den Stock bei mir gebraucht. Also bei uns war das alles nicht so streng formalisiert, so ein Ritual mit dem Strafen. Das war viel spontaner. Wenn ich zu wild war, dann hat meine Mutter mir einfach etwas mit der Hand auf den Po gegeben und das war's. Dann wusste ich jetzt ist es genug. Aber es war nicht diese Inszenierung, wie das ja auch im Film an vielen Stellen durchschimmert. Und von daher ist es für mich auch nicht verwunderlich, dass so ein Text dann in Deutschland geschrieben wird und von daher war es vielleicht auch wichtig den Film in Deutschland zu drehen, allein schon wegen der Atmosphäre.

Interviewer: Und wie ist die Atmosphäre in Deutschland?

Nikol: Also man muss natürlich sagen, dass Deutschland sich verändert hat, und es ist dort jetzt alles viel lockerer geworden und freier, so ein Bisschen mehr wie in Italien, also ich meine jetzt nicht das faschistische Italien, sondern diese lockere Art zu leben, die Kaffees auf den Straßen zum Beispiel, und in Deutschland kann man ja auch überall Pizza essen und Eis und so weiter und deshalb ist das nicht mehr diese Kommandoton-Mentalität und das alles so ernst und bedeutungsschwer ist, Goethe und Schiller und so, wobei ich sagen muss, dass ich diese Sachen auch gerne mag. Also sehr positiv.

Interviewer: Vielen Dank für das Interview.

Track zwei

Interview mit dem Darsteller des Mannes:
Tom Kraut.

Tom Kraut, der Darsteller des Mannes sitzt an einem Tisch.
Sein muskulöser Oberkörper steckt in einem weißen Oberhemd
mit Schlips und einem schicken Jackett. Er sieht aus wie ein
Nachrichtensprecher.

Interviewer: Tom, Sie haben ja in den meiste Filme bisher
immer den Helden gespielt. Die Rolle, die Sie in
diesem Film spielen, ist so gar nicht heldenhaft.

Tom: Oh, das finde ich nicht. Es gehört schon viel
Mut dazu, sich das einzugestehen, dass man eine
masochistische Ader hat. Ich sage das einmal ganz
direkt so mit diesem Wort, ohne das zum umschreiben.
Und das finde ich stark.

Interviewer: Aber allein wenn man sich den Umfang
der Dialoge anschaut. Sie haben nicht viel Text, man
könnte auch sagen, Sie haben nicht viel zu sagen.

Tom: Also, auch da muss ich widersprechen. Ja, es ist schon so, dass einfach so nach der Anzahl der Szenen in der meine Rolle vorkommt, natürlich der Mann nicht die wichtigste Rolle ist, aber er ist doch in allen anderen Szenen auch präsent. Eigentlich geht es immer um ihn, und wenn man das einmal verstanden hat, dann sieht man, dass das die eigentliche Hauptrolle ist.

Interviewer: Es ist ja durchaus eine heftige Rolle. Sie werden geohrfeigt, schon in der ersten Szene des Films, dann stehen Sie unbeachtet in der Eingangshalle, später bekommen Sie gleich eine ganze Salve von Ohrfeigen, Sie werden mit nacktem Po auf einen Stuhl geschnallt, während Ihre Frau Sex mit der Gastgeberin hat. Und schließlich werden Sie in ein Gummikleid gepackt und an einem Halsband spazieren geführt. Bisher hatte ich ein ganz anderes Bild von den Rollen die Sie gespielt haben. Was hat Sie an dieser Rolle fasziniert?

Tom: Ich glaube Stan suchte jemanden, der wirklich bereit ist alles zu geben und deshalb wollte er auch, dass ich diese Rolle spiele. Stan wollte mir einfach einmal die Möglichkeit geben, eine ganz andere Seite von mir zu zeigen. Und das fand ich toll. Und wie gesagt, es kommt mir auf die Intensität einer Rolle an, nicht auf die Anzahl der Worte die ich sage.

Interviewer: Gab es Szene, die besonders schwer für Sie waren, eine Herausforderung für Sie als Schauspieler?

Tom: Ja, schon, also zum Beispiel die Szene in der Küche, da hatten wir das Problem, dass Stan meinte, mein Gesichtsausdruck bei der Auspeitschung, das sei einfach nicht glaubwürdig. Und ich habe wirklich alles versucht, aber irgendwie habe ich das nicht hinbekommen. Obwohl ich wirklich voll reingegangen bin in die Rolle. Das hat vielleicht auch daran gelegen, dass ich da noch so keine Erfahrung hatte mit solchen Szenen. Und als ich merkte, dass es einfach nicht geht, so auf die Art wie Stan sich das vorstellte, da habe ich dann zu der Schauspielerin, die die Gastgeberin gespielt hat, es war eine deutsche, ich glaube sie hieß Barbara, Barbara Schäbighügel oder so, da habe ich zu ihr gesagt, sie soll es halt wirklich machen, mit der Peitsche, und dann konnte Stan auch nicht mehr meckern. Es war kein Spaß, aber es war authentisch. Und das ist ja das was wichtig ist bei der Schauspielere. Stan hätte das gar nicht verlangt, aber so war es einfach besser. Ich wollte das so.

Interviewer: Sie waren nach diesem Drehtag einige Tage nicht einsatzbereit.

Tom: Nein, das stimmt nicht, das ist eine von diesen vielen Unwahrheiten, die nachher von der Presse verbreitet worden sind. Ich hätte sofort weiter drehen können, das war nur, weil einige andere Szenen noch gedreht werden mussten, bei denen ich nicht dabei war, da gibt es ja ein paar Szenen in dem Film, die ohne mich laufen. Und ich habe mich einfach entspannt da.

117

Interviewer: Sie waren aber nicht allein.

Tom: Ich weiß schon worauf Sie hinauswollen. Aber das sind alles nur Gerüchte und Verleumdungen. Barbara war in der Zeit auch ohne Drehtage oder fast ohne Drehtage und da sie aus Deutschland war, – sie war ja Deutsche oder Österreicherin, das ist glaube ich dasselbe –, hat sie einfach ein gutes Hotel ausgesucht, in einer schönen Gegend, das ist ja in Deutschland überall so romantisch, da an diesen Flüssen, Rhein und Mosel und Elbe und so und da sind wir irgendwo hingefahren und das war wirklich angenehm. Und sie hat mir etwas von der Loreley erzählt, diese Geschichte mit den Haaren, die gekämmt worden sind, und das war wirklich sehr schön und sie hat auch viel Deutsch gesprochen und ich habe das aber alles verstanden weil sie so eine intensive Art hat.

Interviewer: Sie haben also in dieser Zeit etwas Deutsch gelernt?

Tom: Nein, also sprechen kann ich Deutsch natürlich nicht, aber verstehen, zumindest wenn Barbara es sagt, sie hat eine sehr starke Körpersprache und das ist ja das wichtigste bei Deutsch, sonst versteht man das ja auch als Deutscher nicht so ohne weiteres, hab ich mir sagen lassen. Einiges geht natürlich schon, etwa so Worte wie „wunderbar" und so.

Interviewer: Und die Sache mit Barbara, wie Sie das nennen, war dann auch „wunderbar".

Tom: Ja, allerdings hat man mir das mit Barbara ja später zum Vorwurf gemacht, und das hat mich bei der Scheidung auch eine Menge Geld gekostet, obwohl das alles immer sehr professionell war; also Barbara war in jedem Fall professionell, sehr sogar und ich musste dann ja auch nicht mehr viel drehen. Die wichtigen Szenen des Films waren ja schnell im Kasten und dann mussten nur noch die ganzen Szenen mit den Frauen gedreht werden. Es sollte ja romantisch werden und Barbara hat mir immer erzählt, was sie am Tag gedreht haben und dass Nikol ihr so gut gefällt und das konnte ich auch gut verstehen, denn ich war ja damals auch noch mit Nikol zusammen.

Interviewer: Sie und Nikol haben sich dann aber kurz nach Beendigung der Dreharbeiten getrennt.

Tom: Ja, das ist aber eine andere Geschichte und ich glaube das gehört jetzt wirklich nicht hierher.

Interviewer: Sie werden ja viel geschlagen in dem Film, aber Sie kommen zum Beispiel auch nachts in einen Gummianzug. Wie war das für Sie?

Tom: Och, das war eigentlich nichts Großes. Das finde ich ganz normal. Also am Anfang war das noch neu, aber da gewöhnt man sich schnell dran, und das ist ja auch praktisch. Also in dem Film schwitzt der Mann, den ich spiele, ja stark, und dann ist das Bett nass und da denkt man ja auch gleich, dass das von was anderem kommen kann und das ist doch ekelig, und dann mit dem Gummianzug, da hat man das Problem mit dem nassen Bett nicht mehr. Also ich hatte das bis dahin nicht gekannt, aber als Stan mir das erklärt hat, da habe ich sofort verstanden, dass das eine geniale Idee ist. Also wirklich. Und es ist auch gar nicht unangenehm.

Interviewer: Hat der Film Ihr Leben verändert, ich meine auch so im privaten Bereich? Es hat darüber ja so einige Gerüchte gegeben.

Tom: Ja schon. Ich sehe jetzt vieles anders und so einige praktische Sachen habe ich schon mitgenommen, aber darüber möchte ich dann jetzt doch nicht sprechen, das ist vielleicht dann doch etwas zu persönlich.

Interviewer: Vielen Dank für das Interview.

Man sieht wie Tom aufsteht. Er hat eine Perlon-Strumpfhose an, unter der er eine dicke Windel trägt. An den Rändern der Windelhose tritt Feuchtigkeit in die Strumpfhose aus.
Abblenden.

Track drei

Interview mit dem Regisseur
Stanly (Stan) Kuckblick

Interviewer: Sie zeigen in Ihrem Film Szenen in einer Intensität und Direktheit, die man vor einigen Jahren so nur in einem Porno gesehen hat? Warum?

Stan: Nun ich glaube es kommt immer auf die Geschichte an. Die Geschichte macht die Bilder. Die meisten Geschichten sind schon erzählt und das langweilt mich. Ich will, dass der Film neue Geschichten erzählt und da braucht er auch neue Bilder; die zeigen dann auch Sachen, die man im Film noch nicht gesehen hat. Dass viele Leute dabei an Porno denken, das ist deren Problem, das sagt mehr über die aus als über den Film. Wobei ich nichts gegen Pornos sagen will, die haben auch ihre Berechtigung und manchmal schaue ich mir die auch an, obwohl die meistens sehr schlecht gemacht sind, so von der Kamera her und auch vor allem von den Schauspielern und vom Skript, das es ja meistens gar nicht gibt.

Interviewer: Die Kostüme hat ja Karl Magazinacker gemacht. Und der hat sich ja über die schauspielerischen Leistungen von Pornodarstellern ganz anders geäußert. Wie konnten Sie mit ihm zusammenarbeiten?

Stan: Das ist Quatsch was er da über die Pornodarsteller gesagt hat. Und das weiß er auch. Karl ist ein Super Mode-Heinz und er macht wirklich tolle Sachen, auch wenn er etwas mehr essen sollte, aber von Schauspielern und Film hat er wirklich keine Ahnung.

Interviewer: Aber er fotografiert doch auch und das ist doch nicht so viel anders als Film, oder?

Stan: Doch das ist völlig anders. Beim Foto geht es um ein Standbild, eine Ausschnitt einer Bewegung, eine hundertstel Sekunde, oder auch weniger. Beim Film geht es um Bewegung und um Sprache. Das ist ganz etwas anderes. Aber drüber habe ich mich auch schon mit Karl unterhalten und er hat das auch akzeptiert, ich glaube er hat das sogar verstanden und er würde mir nie reinreden wollen, bei der Besetzung oder so. Er hat einfach wunderbare historische Kleider gemacht, schick und zauberhaft elegant, so wie man die 1920er Jahre gerne sieht und das hat dem Film sehr gut getan.

Interviewer: Mit der historischen Exaktheit der Kostüme ist das ja so eine Sache. Gerade die Gummi-Kleidung ist doch sehr unhistorisch. Solche Kleider gab es doch 1920 gar nicht.

Stan: Das ist so nicht ganz richtig. Natürlich haben sie recht, die raffinierten Verklebungen und auch das verschiedenfarbige Material, das gab es da so natürlich noch nicht. Aber das steht so in der Romanvorlage, und ich denke, da ist der Autorin die Fantasie durchgegangen, ja. Auf der anderen Seite muss es da ja auch schon etwas gegeben haben, was solche Fantasien angeregt hat, die Basis für den Roman sind ja die Tagebuchaufzeichnungen der Autorin, und wir haben da recherchiert und das Ergebnis ist ganz überraschend gewesen. Es hat in den Staaten und auch in England, also auch in Europa, eine Fabrik gegeben, die Spezialkleidung aus Gummi hergestellt hat. Schürzen für das Krankenhaus und Handschuhe, aber auch Kittel und Kleider und auch alle möglichen Hosen und so. Das ist natürlich nicht mehr alles erhalten, das Gummi wird ja nach einigen Jahren spröde. Aber es gibt Fotos; die sind natürlich schwarz/weiß und auch Zeichnungen. Und zum Beispiel der Schwitzanzug, den der Mann trägt, der ist einfach original. Das war zu der Zeit ganz neu und ein Gesundheitsprodukt, also gar nicht irgendwie mit Fetischismus oder Sex besetzt wie das heute ist.

Interviewer: Aber das gilt doch nicht für alle Sache, die Sie in dem Film zeigen, oder? Ich denke da zum Beispiel an das raffinierte und sehr ästhetische Kostüm von Fräulein Hausmann.

Stan: Ja, da haben Sie natürlich recht, aber es ist schon ein Kostüm das genau in die 1920er Jahre passt, nur eben aus dem anderen Material. Also wir haben das getestet, wenn man das Licht so setzt, dass kein Glanz auf dem Kleid ist, dann sieht das im Film aus wie ein original Kostüm aus den 1920er Jahren. Wir haben dann, und da haben Sie natürlich recht, und das ist der Kompromiss für den heutigen Zuschauer, an den wir ja auch gedacht haben, natürlich die ganzen Sachen mit Silikonöl eingerieben und auf Hochglanz poliert, weil dann das Material viel besser wirkt, wobei das schwierig ist beim drehen, weil dann sehr viele Glanzpunkte entstehen. Da muss man sehr vorsichtig mit dem Setzen des Lichtes sein.

Interviewer: Aber das haben Sie doch sehr elegant gelöst.

Stan: Ja. Wobei wir da einige Szene drei Wochen später, als wir endlich das gesamte Material und nicht nur die Muster entwickelt hatten, alle noch einmal drehen mussten. Da ist wirklich jede Szene, und manchmal sind das nur zwanzig oder dreißig Bilder, das ist wirklich extrem, individuell ausgeleuchtet. Das hatte ich bei noch keinem anderen Film so.

Interviewer: Aber das ist dann das, was die Intensität in den Film bringt.

Stan: Ja, das haben ja auch die Kritiker immer geschrieben, wobei die sich gefragt haben, wie das gemacht wurde und ich habe ihnen jetzt dieses Geheimnis verraten *(er schmunzelt)*. Jetzt kann ich das ja sagen.

Interviewer: Über die Kostüme, die Karl Magazinacker gemacht hat, haben wir ja schon gesprochen. Die andere Sache ist die opulente Ausstattung. Ich habe noch nie einen Film gesehen, in dem soviel Kunstwerke vorkommen, die dann auch so authentisch in den Film einbezogen werden. Das sieht alles so echt aus. Ich habe mich gefragt, ob Sie das mit den Originalen gedreht haben?

Stan: Also fast. Wir haben ja noch auf Film gedreht, wobei ich immer grundsätzlich auf 72 mm Material drehe. Da lasse ich mich nicht von abbringen. Aber das ist dann natürlich digitalisiert worden. Und dann haben wir schon mit den Originalen, also den original Kunstwerken gedreht, bloß eben zeitlich versetzt. In der Kulisse standen grün eingefärbte Modelle, also zum Beispiel von dem Rodin, und dann haben wir die ganzen Kamerafahrten aufgezeichnet, als absolute Koordinaten im Studioraum, und diese Fahrten haben wir dann im Museum einfach noch einmal gemacht. Und dann ist das ganze im Computer zusammengebaut worden: Also die Szene aus dem Studio eigentlich komplett so wie aufgenommen nur eben ohne das Pappmodell der Statue und dann die ganzen Sachen aus dem Museum weggenommen nur eben die original Statue gelassen. Das ist eigentlich ganz einfach. Kompliziert wird es nur wegen dem Licht, das ist natürlich im Museum anders als im Studio. Wir habe im Museum schon etwas mit zusätzlichem Licht arbeiten können, aber natürlich nicht mit so hellen Scheinwerfern wie wir das im Studio haben, aber wir haben da einen sehr guten

Lichtmeister gehabt, der viel Erfahrung gehabt hat und das hat wirklich gut geklappt. Wobei bei solchen Sachen der Anspruch ja enorm hoch ist, den jeder weiß, das heute im Computer praktisch alles möglich ist und dann wird natürlich ganz kritisch geschaut, um doch einen Fehler zu finden. Aber ich glaube wir haben da keinen gemacht.

Interviewer: Ich will noch einmal auf die Story zurückkommen. Die ganzen sexuellen Sachen, die standen ja sehr im Mittelpunkt bei den Kritikern und bei dem was auch im Internet darüber geschrieben worden ist. Sie haben damit ja eine ganze Welle losgetreten. Aber es gibt ja auch noch einen anderen Teil der Story. Das ist ja praktisch ein Kriminalfall und es ist eine Frau, die da angeklagt ist und ich habe das so verstanden, dass sie auch gerade deshalb angeklagt ist, weil sie eine Frau ist. Ein deutscher Kritiker, ich glaube es war Marcel Armwecknicki, hat geschrieben, dass das ihr weiblichster Film sei.

Stan: Nun das hat mich zwar sehr gefreut, dass er das so gesehen hat, aber das ist wirklich nicht richtig. Es geht natürlich um Frauen, und auch gerade am Ende um die Liebe zwischen zwei Frauen und das haben wir auch genau so gemacht wie es in der Romanvorlage steht, also wirklich jede Szene bis in die letzte Kleinigkeit, da sind wir sehr genau gewesen. Aber deshalb ist das noch nicht ein weiblicher Film, ich weiß gar nicht, ob es so etwas gibt. Also für mich gibt es nur gute und schlechte Filme und wenn ich das so sagen darf, dann ist das ein guter Film. Und ich sage das nicht weil ich überheblich bin, oder weil ich mich selber loben will, sondern einfach weil es ein Film ist, der seine Geschichte, und zwar eine echte Geschichte, erzählt.

Interviewer: Im Roman, der die Vorlage für den Film geliefert hat, gibt es ja einen Anhang, in dem ein zweites Ende erzählt wird, ein alternativer Verlauf und damit wird eine sehr spannende Schwebe erzeugt, weil man als Leser denk, ja, so könnte es auch gewesen sein und man weiß ja, dass es Tagebucheintragungen gewesen sind, die die Grundlage für den Roman waren und dann ist es doch sehr spannend, wenn man denk was ist jetzt wirklich passiert mit den Personen. Im Film haben Sie das völlig ausgeblendet und sich für das eine Ende entschieden.

Stan: Ja, und das war mir sofort klar, als ich den Roman gelesen hatte. Also ich wusste, dass das ein idealer Stoff für einen wirklich großen Film war. Aber mir war auch klar, dass das zu kompliziert war für einen Film, das mit den zwei alternativen Schlüssen. Bei einem Film funktioniert das nicht. Bei einem Roman da entstehen die Bilder im Kopf des Leser, da muss der Leser das selber zusammenbauen, sich einen Reim davon machen. Da kann er hin und her denken und da geht das und das ist das geniale an dem Roman. Aber als Filmemacher weiß ich, dass das im Film nicht funktioniert. Da gibt es immer nur das eine Bild auf der Leinwand und da kann man nicht einfach die Leinwand teilen und nebeneinander zwei Geschichten erzählen. Da kann sich niemand drauf konzentrieren.

Das sind so die ganzen Experimente, die nicht funktionieren. Von so etwas soll man die Finger lassen. Und wenn man die beiden unterschiedlichen Geschichten hintereinander macht, also erst die eine Version und dann die andere, dann denkt der Zuschauer immer die letzte Fassung ist die richtige und er meint der Film ist widersprüchlich, hat einen Fehler oder so. Wir hatten überlegt einige Szenen aus dem alternativen Ende zu drehen. Zum Beispiel wie die Bedienstete den Mann aus dem Polizeirevier abholt, nachdem er verhaftet worden ist und wir hatten auch schon eine Szene im Kasten, wo der Kommissar ihm sagt: "Sie sind frei", weil er ja nichts gemacht hat, und wo dann die Bedienstete da steht auf der Straße vor dem Polizeirevier und ihn abholt und beide gehen dann Arm in Arm über den Bürgersteig und die Bedienstete führt ein kleines Hündchen an einer Leine und dann zeigt eine Einstellung wie der Mann auf das Hündchen und dann auf das Halsband schaut. Und dann weiß der Zuschauer, dass der Mann nicht frei ist, weil er nicht frei sein kann. Aber wir haben uns das angeschaut und das war alles zu kompliziert. Weil in der ersten Fassung ist die Bedienstete ja weiterhin bei der Gastgeberin und wenn man das auch hätte mache wollen, dann hätte man das Problem gehabt, dass die Frau und der Mann wieder aufeinander getroffen währen, und das kommt in der Romanvorlage auch nicht vor und ich glaube ganz bewusst nicht, weil das eben der Widerspruch sein soll. Es geht nicht beides und man muss sich entscheiden oder das Schicksal entscheidet sich für einen, oder auch gegen einen, aber in jedem Fall gibt es keine Lösung für alles gleichzeitig, und da haben wir uns dann, und das ging ganz schnell, für diese eine Lösung entschieden. Ich glaube auch ganz im Sinne der Autorin.

Interviewer: Also ich habe den Roman gelesen und auch den Anhang mit dem alternativen Ende und ich habe das gar nicht so als Widerspruch erlebt, sondern einfach als eine andere Perspektive und einen anderen Teil der Geschichte.

Stan: Ja, sehen Sie. Das ist Ihre Lösung und so hat jeder Leser seine Lösung für diesen Widerspruch, aber in einem Film kann ich nur eine Lösung zeigen und das ist eben die, die ich am interessantesten fand und die, die auch auf der Leinwand funktioniert. Wenn man dann nach dem Film noch einmal das Buch ließt, dann funktioniert das immer noch und das finde ich macht einen guten Film aus, dass er das Buch nicht überflüssig macht.

Interviewer: Noch eine Frage zur Arbeit am Set. Sie haben ja sehr intensiv mit den Schauspielern gearbeitet und es ist bekannt, dass Sie viel von den Darstellern fordern. Nikol und Tom zum Beispiel kennen Sie schon von anderen Filmen, Barbar war neu für Sie.

Stan (unterbricht die Frage): Aber sie war eine Entdeckung.

Interviewer: Ja, und genau dahin zielt meine Frage: Haben sich für Sie die Schauspieler während der Dreharbeiten verändert, haben Sie von ihnen ein anders Bild bekommen?

Stan: Das ist unterschiedlich. Nikol ist sehr professionell, also da war die Leistung eigentlich immer gleich, wirklich auf dem höchsten Niveau das man sich vorstellen kann. — Sie hatte mal eine Krise, ganz am Anfang, aber da habe ich mit ihr gesprochen und da ging es eigentlich um Tom und sie hat das dann sehr schnell in den Griff bekommen. Also Nikol war super und das ist sie auch heute noch. Ja. Bei Tom war das anders. Irgendwie wusste ich das schon vorher. Von daher müsste ich eigentlich nein sagen, wenn sie nach einer Veränderung fragen. Aber meine Einschätzung von ihm hat sich dann doch noch einmal radikal verändert. Ich war ganz froh, dass er nicht eine so große Rolle hatte. Eigentlich habe ich ihn nur genommen weil er damals noch mit Nikol, die wie gesagt wirklich eine großartige Schauspielerin ist, zusammen war. Also Tom war ein Problem. Das hat sich während der Dreharbeiten dann ganz deutlich gezeigt. Er konnte einige Sachen einfach nicht umsetzen. Und das ist das wichtigste bei einem Schauspieler. Wenn der Regisseur sagt, mach das so und so und dann kann er es einfach nicht, dann geht das nicht, das geht einfach nicht. Also ganz einfach zum Beispiel: geh die Treppe hinauf, mach die Tür von dem Zimmer auf, schau kurz hinein, dann geh hinein und leg dich auf das Bett und die Tür lässt du offen, damit die Kamera noch sieht, wie du auf dem Bett liegst. Das ist so eine ganz einfache Anweisung. Das kann eigentlich jeder verstehen. Ja, und Tom hat das einfach nicht hinbekommen. Diese Szene zum Beispiel kommt nicht im Film vor. Nicht weil sie nicht im Drehbuch steht, sondern weil Tom das einfach nicht hinbekommen hat. Das sollte mit einer Kamerafahrt gedreht werden, ohne Schnitt, damit das einfach als eine Sequenz im Kopf des Zuschauers hängen bleibt. Das konnten wir nicht in noch kleinere Szenen teilen. Ich meine Hitchcock hat Szenen gedreht, die waren zwanzig Minuten ohne Schnitt, das war wie auf der Bühne im Theater, und da durfte gar nichts passieren, kein einziger Fehler und alles war genau festgelegt und das hat geklappt, großartig hat das geklappt. Und ich verlange von Tom nur eine knappe Minute und das bekommt er nicht hin. Das war schon ein Problem. Und als wir die Szene mit dem Latex-Anzug gedreht haben, da ist er am nächsten Tag noch einmal mit dem Teil angekommen. Wir hatten schon alles im Kasten und es waren eigentlich andere Szenen dran, aber er wollte unbedingt, das wir das ganze noch mal machen sollten, obwohl das Material, das wir im Kasten hatten wirklich sehr gut war. Er hat die ganze Produktion verrückt gemacht und wir haben das wirklich noch einmal zwei Tage gedreht nur um ihn zufrieden zu stellen und wir haben dann natürlich doch das Material vom ersten Tag genommen. Ich weiß nicht, was da noch gelaufen ist. Wir mussten ja weiter drehen um nicht völlig aus der Zeit zu fallen. Ich habe deshalb dann einigen von den deutschen Helfer am Set gesagt, sie sollen sich um Tom kümmern und die haben für ihn eine eigene Szene aufgebaut, in einem Nachbarstudio und die haben da irgendwas gedreht, aber da war natürlich kein Film in der Kamera, das ist ja viel zu teuer, das Material. Ich habe nachher dann ein deutsches Wort gehört, das sie wohl als Spitznamen für Ihn hatten. Es war irgendwie so etwas wie: „Hosen-scheiß-er-lein". Und Tom, der ja meinte er hätte von Barbara etwas Deutsch gelernt fand den Spitznamen auch schön, obwohl er ihn natürlich nicht verstanden hat. Wir haben ihn dann alle „Hosenscheißerlein" genannt. Ich muss einmal nachschauen was das bedeutet. Wahrscheinlich steht das nicht einmal in einem Lexikon das Wort. *(lacht)* Aber das ist ja vielleicht nicht so wichtig.

Interviewer: Was ist für Sie die Quintessenz von diesem Film? Was meinen Sie bleibt in der Erinnerung? Oder noch konkreter gefragt: Was wünsche Sie sich, was in der Erinnerung bleiben soll?

Stan: Also zunächst einmal das man zu dem stehen soll was man macht. Das ist für mich als Filmemacher sowieso wichtig, aber das gilt eigentlich für jeden. So sehe ich das. Und die Schwierigkeiten, die entstehen ja immer dann, wenn man etwas anderes macht als man eigentlich machen möchte, oder wenn man nicht zu dem steht, was man dann doch macht und, dann meistens ja heimlich und das ist ein Problem und darum geht es ja in dem Film. Aber natürlich auch die Gesellschaft, da ist diese Spaltung ja auch drin, praktisch spiegelbildlich zu der Spaltung bei dem Einzelnen. Oder der Einzelne der bildet das ab, in sich, was die Gesellschaft in ihn gelegt hat. Die Gesellschaft hat ja manchmal Vorstellungen die von dem abweichen was der Einzelne will. Und an der

Oberfläche wird eine Moral gepredigt, die dann nicht eingehalten wird und auch nicht eingehalten werden kann, auch nicht von denjenigen sie predigen, von denen am allerwenigsten. Und die Lösung heißt Toleranz. Und wenn die nicht da ist, dann geht das schief. Und das passiert in dem Film. Der Mann hat sich in die Frau verliebt, weil er etwas in ihr gesehen hat, etwas was ihr noch gar nicht bewusst war. Aber er hat es in ihr gesehen, und es hat ihn angesprochen, natürlich nicht bewusst. Und diese dominante Ader bei ihr, der war sie sich ja noch gar nicht bewusst. Sichtbar wird das zunächst bei ihrer Mutter. Die gibt ihm ja zum ersten Mal die Peitsche, in Italien, so erzählt die Frau das ja der Freundin. Und der Mann hat das natürlich schon viel früher gespürt, wie gesagt unterbewusst natürlich, dass da so etwas ist, in der Frau. Aber er hat es ihr nicht gesagt, er hat immer versucht den erwachsenen Mann zu spielen, die Rolle, die die Gesellschaft von ihm verlangt hat. Und deshalb hat es nicht geklappt, mit ihm und der Frau, deshalb ist da immer diese zermürbende Unzufriedenheit zwischen den beiden. Schließlich explodiert sie, damit fängt der Film ja an, mit dem Klatschen der Ohrfeige. Und es wäre natürlich einfach ein Weg, wenn der Mann gesagt hätte, dass er das braucht, einfach zu sexuellen Erregung, im Rahmen eines Spiels, wenn er gesagt hätte: „Gib mir einen Klaps auf den Po. Versohl' mir den Hintern. Ich will dir gehören. Erzieh' mich zu einem gehorsamen Ehemann." Dann wäre das nicht in das alltägliche Leben hineingeschwappt, so wie es dann im Film passiert. Diese Fantasien und das Bedürfnis sie auszuleben sind ja gar nicht schlimm, wenn man weiß, dass es Fantasien sind und dann können sie ja einen Raum haben in der Beziehung und es ist ein Spiel, das erfrischt und variantenreich ist, und dann fließt das gar nicht in den Alltag ein, wo es nicht hingehört, weil es ja seinen Raum hat. Natürlich müssen das beide wollen. Aber sie findet ja daran Spaß ihn zu peitschen, das kommt ja auch so im Film vor. Und ich glaube, dass der Film zeigt, dass man nichts unterdrücken soll, weil es sonst zu stark wird und dann zu etwas wird, was gefährlich wird. Und wenn man sich dann die Geschichte mit der Leiche anschaut. Das ist ja auch genau das, da ist es zu extrem geworden, weil es heimlich war, unbeobachtet und das Verlangen zu stark war und dann passiert ein Unfall und dann ist es zu spät. Also ich glaube, wenn es eine Quintessenz gibt, dann ist es die, einfach ehrlich zu sein, zu sich selbst und zu den anderen und nicht verklemmt oder heuchlerisch und dann einfach das zu machen was in einem ist. Natürlich verantwortlich und immer mit Respekt vor dem Anderen. Das ist ja auch was die letzte Szene sagt, dieses „Ja, wenn du es brauchst" von der Gastgeberin und das ist schon auch ein „ja ich mache es" aber das „ja" ist gekoppelt daran, dass es der Wunsch der Frau ist, und das ist wichtig und dadurch ist es okay. Ja, ich glaube so ist das.

Interviewer: Vielen Dank für das Interview.

Der große Roman von Gabriel Maria Nerítidos
in der neuen Übersetzung von Michael Claudio
Andreas jetzt bei Edition Hochgrab.

Gabriel Maria Nerítidos

**Die Alpträume
meiner Frau**

Roman

Edition Hochgrab

Ein Blick hinter die dunklen Fassaden
von Normalität und Erfolg: Mauricio, der
agile Vorzeigejournalist, lebt nachts in den
Alpträumen seiner Frau, die bald schon
seine eigenen werden.

Edition Hochgrab

Bücher die bewegen

Edition Rotstreif

Ewalyn Piotrowska

Das Haus in der Wilhelmstraße

Eine sadomasochistische Liebesgeschichte

Edition Rotstreif

Die ganz und gar ungewöhnliche Geschichte eines Mannes, der sich in seinen Phantasien verläuft und dann doch den Weg zu sich selbst findet. Erzählt in einer bildreichen, klaren Sprache, stets aufmerksam beobachtet und immer sensibel und liebevoll darum bemüht, den Leser mitzunehmen in eine vielfach als unverständlich erlebte Welt einer sexuellen Neigung, die auch heute noch bei vielen Menschen auf Unverständnis und Ablehnung stößt.

Ellis Bell Edition № 1818

Dieser Roman erzählt die Geschichte einer er-
folgreichen Rechtsanwältin in einer internati-
onalen Wirtschaftskanzlei. Eine von außen betrachtet glänzende Karriere. Doch es ist auch die
Geschichte eines erdrückend einsamen Lebens,
einer hermetisch abgekapselten Sexualität, grau-
samer Alpträume und schrecklicher Verirrungen
einer Frau auf der Suche nach ihrer Identität.

A&S cinethek

Filme als Buch gedruckt: Die neue Art des Lesens